AF220742

1

Faules Ei

Günther Tabery

Bibliografische Information der Deutschen Nationalbibliothek:

Die Deutsche Nationalbibliothek verzeichnet diese Publikation in der Deutschen Nationalbibliografie; detaillierte bibliografische Daten sind im Internet über: http://dnb.dnb.de abrufbar.

Herstellung und Verlag:

BoD – Books on Demand, Norderstedt

ISBN: 978-3-7528-2504-6

1

Pfarrer Rebler strahlte Martin und Veronika voller Freude an. Er mochte es immer gerne, wenn er verliebte Paare, die bald einen neuen gemeinsamen Lebensabschnitt beginnen wollten, begleiten durfte. In seiner langen Tätigkeit als Pfarrer in der Gemeinde Peter und Paul in Bruchsal hatte er unzählige Paare getraut. Viele Paare waren aktive Gemeindemitglieder und er war stolz darauf, dass diese Beziehungen, im Gegensatz zum allgemeinen Trend, immer noch glücklich waren. Er liebte Trauungen. Junge, verliebte Paare, die idealisiert und ohne Furcht der gemeinsamen Zukunft entgegensahen. Veronika hörte gespannt zu, als Pfarrer Rebler ansetzte, um eine lange Geschichte über seine erste Trauung zu erzählen, damals, als er noch Diakon in einer kleinen Gemeinde bei Freiburg gewesen war. Mit diesem Paar, so sagte er, verknüpfe er ein erhabenes und wohliges Gefühl, im christlichen Sinne Einfluss nehmen zu können. Annemarie und Hans-Jürgen, beide damals Anfang zwanzig, waren sehr engagiert als Lektoren, Kommunionshelfer und als Vorstände im Gemeinderat. Ihre christliche Erziehung fruchtete wunderbar: Ihre drei Kinder, allesamt Ministranten, nahmen im weitesten Sinne christliche Berufe an: als Religionslehrer, Kindergärtner und Grundschullehrer. Im Kreise der Familie war Pfarrer Rebler auch heute noch regelmäßig dort eingeladen. Er meinte, dass das erste Mal, die erste Trauung, immer etwas Besonderes wäre und man diese Erfahrung niemals vergessen würde.

Martins Gedanken schweiften ab. Er nahm Veronikas Hand und hielt einen Augenblick inne. Es waren nun schon acht Jahre, die er und Veronika zusammen waren. Vor acht Jahren hatte er sie in der Schubertstraße in Karlsruhe kennen gelernt, als er das Haus der Breidenfalls verließ und sie plötzlich im Garten vor ihm stand. Mit dem schönen, schulterlangen, wallenden Haar und ihren tiefblauen Augen strahlte sie ihn an. Es kam Martin vor, als sei es erst gestern gewesen, als er in diese Augen geblickt hatte und noch heute konnte er sich an jenen Moment entsinnen, als er dachte, dass dies die Frau für ihn war. Es war Veronika zu verdanken, dass sie sich ein paar Tage später tatsächlich kennen lernten, denn sie sorgte dafür, dass er als Fotograf im Hause Breidenfall eingestellt wurde, um eine geplante Hochzeit zu fotografieren. Die Umstände waren aber schlimm gewesen damals, denn es hatten sich zwei Morde ereignet und die Familie stand unter Verdacht. Es war fast schon ein Wunder, dass Raum blieb für das junge Paar, sich in einander zu verlieben. Und nachdem die Morde aufgeklärt waren, nicht zuletzt durch Martins Mithilfe, stand dem Kennenlernen nichts mehr im Weg. Nach vier Jahren gemeinsam verbrachter Zeit entschieden sie sich zusammen zu ziehen. Und da die Mieten in Karlsruhe sehr hoch waren und Martin Freunde in Bruchsal hatte, einer kleinen Stadt unmittelbar in der Nähe Karlsruhes, erweiterten sie ihren Suchradius und fanden dort tatsächlich eine schöne Wohnung. Aufregend und spannend, manchmal unfassbar traurig waren die Erlebnisse, die beide zusammenwachsen ließen. Nicht nur die Mordgeschichten, in die beide involviert wurden und die beide gemeinsam lösen konnten, sondern auch der Verlust von Angehörigen und Freunden schmiedete beide noch enger zusammen. Martin musste schmunzeln, als er an den verkaufsoffenen Sonntag dachte, auf dem Marktplatz in Bruchsal, als Veronika plötzlich aus heiterem Himmel einen Lachanfall bekam und alle Blicke auf sich zog. Sie bog sich vor Lachen und prustete laut heraus. Es war ihm fast nicht möglich gewesen, sie zu beruhigen. Sie konnte später selbst kaum erzählen, was sie so lustig fand. Komisch, dass er sich gerade daran erinnerte? Es war die Unberechenbarkeit, die Lebensfreude, die Kraft, die ihn an Veronika faszinierte. Es war niemals langweilig mit ihr, irgendetwas passierte immer, so wie damals, als sie urplötzlich die Wohnung umgestaltete. Mit Farbe und Tapeten und einem vollkommen anderen Einrichtungskonzept wartete sie auf und meinte, dass ihr der alte Trott auf die Nerven ginge.

Martin streichelte ihre Hand und erinnerte sich an seinen Heiratsantrag. Besonders romantisch war er nicht gewesen. Sie waren gerade in einem Supermarkt einkaufen, als Veronika ihn so rührend fragte, was sie am Abend für ihn kochen solle. Da kam es ihm über die Lippen und er fragte, ob sie ihn heiraten wolle. Sie überlegte nicht einen Moment, sondern sagte sofort: „Ja". Sie nickte und bestätigte mit einem zweiten bestimmten: „Ja". Mehr sagte sie nicht dazu und beide verrichteten weiter ihre Einkäufe. Die warmen Erinnerungen an die gemeinsam verbrachte Zeit wurden durch eine Frage von Pfarrer Rebler unterbrochen:

„Nun, wenn ich so neugierig sein darf, wann und wie haben Sie beide sich kennen gelernt?"

Veronika schaute Martin lächelnd an und erzählte daraufhin ausführlich ihre Kennenlerngeschichte. Hin und wieder nickte Pfarrer Rebler, manchmal stellte er auch Nachfragen, besonders, als es um Einzelheiten der Mordgeschichte ging. Er bemerkte, dass die Beziehung wohl schon eine lange Zeit andauerte und zusammengewachsen war und den Grundstock für eine glückliche und lebenslange Ehe bildete.

Anschließend ging er auf die christlichen Grundwerte und auf die Grundfesten der katholischen Kirche ein. Besonders die Treue war ihm ein wichtiges Anliegen. Eine Ehe würde nur dann lebenslang Bestand haben, wenn die Sexualität exklusiv den Ehepartnern vorbehalten bliebe. Von anderen, offeneren Konzepten hielt er nichts.

Als die Sprache auf Kinder kam, die Martin und Veronika in jedem Fall haben wollten, empfahl Pfarrer Rebler, diese ebenso im christlichen Sinne zu erziehen. Martin warf Veronika einen vielsagenden Blick zu. Sie wusste, dass Martin im Grunde nicht wirklich an die Kirche glaubte und dass die stark konservativen Werte und Lebensmuster nicht alle unbedingt den seinen entsprachen. Trotzdem nickte er Pfarrer Rebler hin und wieder zu und dachte sich im Stillen seinen Teil.

Nachdem diese inhaltlich wichtigen Themen besprochen waren, wandte sich Pfarrer Rebler dem Organisatorischen zu. Der Ablauf des Traugottesdienstes, der an einem Samstagnachmittag stattfinden sollte, wurde besprochen, die Auswahl der Lieder und die Texte der Lesung und der Fürbitten.

Am Ende des Traugespräches stand Pfarrer Rebler auf und holte seine in einem Bücherregal stehende Bibel zu sich. Er suchte einen bestimmten Vers, den er den beiden auf den Weg mitgeben wollte.

„Ah ja", sagte er, „hier ist es: Prediger 4, Vers 9 bis 12." Er begann, Martin und Veronika vorzulesen: „So ist's ja besser zu zweien als allein; denn sie haben guten Lohn für ihre Mühe. Fällt einer von ihnen, so hilft ihm sein Gesell auf. Weh dem, der allein ist, wenn er fällt! Dann ist kein anderer da, der ihm aufhilft. Auch, wenn zwei beieinander liegen, wärmen sie sich; wie kann ein Einzelner warm werden? Einer mag überwältigt werden, aber zwei können widerstehen, und eine dreifache Schnur reißt nicht leicht entzwei."

Er nickte sanft, nachdem er die Bibel wieder zugeschlagen hatte. Veronika stand auf und bedankte sich für das offene Gespräch. Auch Martin erhob sich und gab Pfarrer Rebler die Hand. Nachdem die Tür des Pfarrhauses sich schloss und der Pfarrer verschwunden war, beugte sich Martin etwas nach vorne und atmete tief durch. Veronika legte ihre Hände auf die Hüften und schaute ihn fragend an: „Jetzt komm, Martin. Ich fand den Pfarrer sehr sympathisch. Und er war sehr engagiert und interessiert, das musst du zugeben."

„Ja, das stimmt schon." Martin richtete sich wieder auf. „Er war sehr nett. Und es wird bestimmt eine wunderbare Hochzeit."

„Aber?"

„Ich finde die Grundwerte des Glaubens auch richtig und gut. Nächstenliebe, Aufrichtigkeit, Gemeinschaft, Hoffnung und Liebe, nur um einige Grundfesten zu nennen, sind richtig und gut. Da will ich nichts sagen.

Ich mag nur nicht richtig diese Institution, das, was die Kirche daraus macht. Für mich stimmt da etwas nicht. Es gibt oft eine Kluft zwischen Glaube und Kirche."

„Das mag sein. Vielleicht ist nicht alles gut oder richtig. Aber es steht und fällt mit den Menschen, die die Kirche gestalten. An der Basis sind oft wunderbare Menschen, die vielen Gläubigen Halt und Hoffnung geben und gute Arbeit leisten. Denk an die gute Jugendarbeit. Vielen Jugendlichen gibt sie Orientierung."

Martin konnte darauf nichts sagen. Er nickte und gab einen zustimmenden Laut von sich. Seine Familie war auch christlich geprägt. Mindestens an den Hochfesten ging man in die Kirche. Nur hatte er sich im Laufe der Zeit distanziert. Eigentlich war er sehr irritiert und er wusste nicht recht, woran er glauben sollte oder woran nicht. Das, was er über die Institution Kirche gehört und gelesen hatte, gefiel ihm jedenfalls nicht und weiter wollte er mit Veronika jetzt nicht über dieses Thema sprechen.

Veronika wollte unbedingt kirchlich heiraten, das war ein Muss für sie. Und auch ihm gefiel die Vorstellung, bei einer feierlichen Zeremonie als Paar verbunden zu werden. „Komm mit", sagte Martin plötzlich begeistert und nahm Veronika an der Hand. Er führte sie zum Haupteingang der Peterskirche. „Lass uns schauen, ob die Kirche offen ist." Er versuchte die schwere Holztüre zu öffnen. Glücklicherweise war sie nicht verschlossen.

„Was möchtest du jetzt am Abend in der Kirche tun? Vielleicht ist gleich Gottesdienst."

„Nein, die Kirche ist leer. Komm, wir proben unsere Heirat." Martin strahlte übers ganze Gesicht.

„Du bist verrückt!"

„Nein, komm. Stell dir folgendes vor!" Martin wirkte jetzt wie ein Magier, der mit gehobenen Arm eine neue Szenerie erschuf und Veronika einlud, ihm zu folgen. „Es ist Samstagnachmittag, die Kirche ist voll mit Verwandten und Freunden und anderen Gästen. Du hast ein wunderschönes, bodenlanges Kleid an, blütenweiß mit einer langen Schleppe. Der Brautstrauß duftet süßlich und an deiner Seite steht dein Traummann. Der Mann, den du immer schon haben wolltest!"

„Na, aber … ", warf Veronika ein, doch sie konnte nichts weiter sagen, denn Martin ließ sie nicht zu Wort kommen.

„Gleich wird es losgehen. Gleich beginnt die Orgel zu spielen und eine engelsgleiche Stimme singt das `Ave Maria´ von Schubert. Es ist so weit. Unser Einsatz. Wir schreiten gemeinsam vor zum Altar, vorbei an den vielen gerührten und weinenden Menschen." Er nahm

Veronika an der Hand und führte sie den Mittelgang entlang vor zum Altarraum. „Die Stimme verstummt. Pfarrer Rebler beginnt seine überschwängliche Rede und ehe wir uns versehen, werden wir die Ringe tauschen und uns ewige Liebe und Treue schwören." Er nahm ihre rechte Hand, steckte ihr pantomimisch einen Ring an und küsste sie. Dann verstellte er seine Stimme und mimte den Pfarrer: „Möchten Sie, Herr Martin Fennberg, Veronika Schönlein zu ihrer angetrauten Ehefrau nehmen, so antworten sie klar und deutlich mit: Ja." Dann kniete er sich vor sie hin und wiederholte mit seiner eigenen Stimme flüsternd: „Ja, ich will."

Veronika schüttelte lachend den Kopf und sagte nur: „Oh, du verrückter Mann! Du bist ja wahnsinnig!"

In diesem Moment öffnete sich die Eingangstüre. Martin und Veronika brachen sofort ihr Spiel ab und setzten sich verschämt in die erste Reihe. Es trat eine Frau ein, die schwarz gekleidet war und ein Kopftuch auf hatte. Sie ging gebeugt und andächtig nach vorne rechts neben den Altar, wo ein Kerzenständer aufgebaut war, auf dem bereits einige Kerzen brannten. Martin und Veronika beobachteten sie. Die Frau warf Geld in ein Kästchen und anschließend zündete sie zwei Kerzen an. Als die beiden Kerzen brannten, kniete sie sich hin und senkte den Kopf.

„Was tut sie?", flüsterte Martin.

„Sie betet für die Toten. Die Gläubigen zünden ein Licht an, um der Toten zu gedenken."

Martin nickte und beobachtete die Frau weiter. Nach ein paar Minuten machte sie das Kreuzzeichen, drehte sich wieder um und verschwand.

Martin stand auf und wiederholte nochmals seinen Trauschwur, doch Veronika winkte ab und meinte, dass sie lieber auf die richtige Hochzeit warten wolle. „Lass uns gehen", sagte sie und lächelte den noch immer knieenden Martin an.

Gerade als die beiden gehen wollten, öffnete sich die Eingangstüre und Pfarrer Rebler kam mit einem Stapel Gotteslobbücher herein, die er in ein dafür vorgesehenes Behältnis legte. Als er aufblickte und Martin und Veronika sah, lächelte er überrascht. Veronika erklärte ihm, dass sie sich noch einmal die Kirche anschauen wollten und sich über Blumenschmuck und dergleichen Gedanken gemacht hatten. Sie wollte auf keinen Fall vom wahren Grund des Kirchenbesuchs erzählen. Das schien ihr etwas peinlich. Martin pflichtete ihren Worten bei.

Pfarrer Rebler sagte: „Das ist aber schön, dass ich Sie hier wiedersehe. Meine Haushälterin richtet gerade das Abendessen und wenn Sie nichts vorhaben, dann sind Sie herzlich zum Essen eingeladen. Was meinen Sie?"

Veronika schaute Martin an und sah wohl in seinen Augen, dass er wenig Lust dazu hatte. Trotzdem nahm sie die Einladung dankend an und sie wusste, dass sich Martin bestimmt ihrem Wunsch fügen würde. Das tat er auch und bestätigte: „Sehr gerne."

Die drei gingen hinüber zum Pfarrhaus. In der Eingangshalle duftete es nach frisch gebackenem Brot. Nachdem Pfarrer Rebler mit seiner Haushälterin die Änderung besprochen hatte, führte er Martin und Veronika ins Esszimmer. Dieses war groß mit dunkel gehaltenen Bildern an der Wand und einer eher nüchternen Einrichtung. Veronika wusste nicht recht, was sie sagen sollte. Es herrschte eine höfliche Ruhe. Nachdem die Haushälterin das Vesper auf dem Tisch angerichtet hatte, lud Pfarrer Rebler ein: „Bitte, bedienen Sie sich. Es ist reichlich vorhanden."

Martin nahm sich eine Scheibe Brot mit Lachs und Meerrettich, dazu ein paar Radieschen.

Pfarrer Rebler bekräftigte nochmals, wie schön er es fand, verliebte Paare zu sehen, die den Bund der Ehe eingehen wollten. Liebe sei das kräftigste Band, das es gäbe, befand er. Er kannte nichts Stärkeres und Schöneres.

Veronika fühlte sich zunehmend wohler. Die anfängliche Schüchternheit war verflogen. Sie fragte den Pfarrer, wie er denn in jungen Jahren zu seinem Beruf gekommen war. Ob es eine Kopfentscheidung gewesen war oder Berufung? Dankend nahm Pfarrer Rebler den Impuls auf und berichtete ausführlich von seiner Kindheit und seinen Eltern. Die Eltern waren Bauern gewesen und hatten eine große Landwirtschaft und einige Nutztiere. Er wuchs in Mitten von Kühen, Schweinen und Hühnern auf. Sehr naturverbunden waren sie. Er war froh, in der damaligen Zeit aufgewachsen zu sein, denn die heutige Kindheit mit den vielen modernen elektronischen Geräten konnte er nicht recht verstehen. Als er neun Jahre alt war, verstarb seine Mutter an Krebs. Das war für ihn eine einschneidende und richtungsweisende Erfahrung. Er haderte als kleiner Junge mit Gott. Warum hatte er ihm seine Mutter weggenommen? Wie grausam konnte er nur gewesen sein? Er kam zu keiner Lösung, außer, dass Gott wohl Größeres mit ihr vorhatte. Er nahm sie willentlich zu sich, damit sie bei ihm ein schöneres und größeres Leben hatte. Das gab ihm Glaube und Hoffnung. Bereits damals als kleiner Junge hatte er den Entschluss gefasst, Gott dienen zu wollen. Seine tote Mutter bestärkte ihn als Patin. So entschloss er sich, Theologie zu studieren und den lebenslangen Bund mit Gott einzugehen. Und es war die richtige Entscheidung, befand Pfarrer Rebler. Er hatte wunderbare Jahre verbracht und vielen anderen Menschen Glaube, Hoffnung und Trost gegeben.

Veronika wollte wissen, welche Aspekte seines Berufs, oder besser gesagt seiner Berufung die schönsten waren.

Natürlich waren es die Hochzeiten und die Taufen, die ihm am angenehmsten waren. Junges Glück und neues Leben zu segnen, das waren seine befriedigendsten Aufgaben. Dafür lohnte es sich, diesen Weg gegangen zu sein. Dann wurde er nachdenklicher und er sagte langsam: „Angehörige zu beerdigen und den Trauernden Trost zu spenden, das ist nicht immer leicht. Menschen zu begleiten, die gerade einen ihrer Liebsten verloren haben, ist eine große und wichtige Aufgabe, die nicht spurlos an einem vorübergeht. Sehen sie, erst heute Vormittag hatte ich ein recht trauriges Erlebnis, das ich so noch nie zuvor erfahren habe."

Veronika bekräftige ihn, von diesem Erlebnis zu berichten. Er hob die Augen und begann: „Heute Mittag wurde ein Mann beerdigt. Er war Mitte fünfzig. So jung!" Er schüttelte den Kopf. „Das ist kein Alter, in dem man sterben sollte. Und der Arme kam zu Tode, als er zu Hause in seiner Wohnung am Fenster stand und eine Zigarette rauchte. Gott weiß, warum er das Gleichgewicht verlor und aus dem Fenster fiel. Er musste etwas erblickt und sich weit nach vorne gebeugt haben. Passanten haben ihn dann im Garten liegend gefunden. Schrecklich, so plötzlich aus dem Leben gerissen zu werden."

Martin sah Veronika interessiert an.

„Aber das Unglaubliche heute Mittag bei der Beerdigung war", Pfarrer Rebler beugte sich nach vorne, „dass bei der Beerdigung nur eine Person anwesend war, die Abschied nehmen wollte. Nur eine Person! Diese kümmerte sich um alles." Er schüttelte resigniert den Kopf. „Ich frage mich immer wieder, wie der Mann gelebt haben musste, dass ihn niemand auf dem letzten Weg begleiten wollte. Ich meine, man hinterlässt doch Spuren in seinem Leben. Man hat Familie, Freunde und Bekannte?"

„Das ist allerdings seltsam", warf Martin ein. „Das muss sehr ernüchternd für Sie gewesen sein."

„Ja, das war es auch. Sehen Sie, das sind die Momente, bei denen auch ich resigniere." Sein Gesicht veränderte sich und bekam etwas Trauriges und hoffnungsloses.

Veronika hatte vollstes Verständnis. Sie senkte die Augen. Wie einfühlsam Pfarrer Rebler war, dachte sie, und wie schön, dass er seine Berufung, seine Lebensaufgabe gefunden hatte.

Nach dem Abendessen verabschiedeten sich Martin und Veronika. Sie bedankten sich für die Gastfreundschaft.

Nachdem sie ein paar Schritte gegangen waren, fragte Martin: „Ist das nicht seltsam?"

„Was meinst du?"

„Na, diese Geschichte, die der Pfarrer vorhin erzählt hatte. Von diesem Mann und seiner Beerdigung."

„Ja, traurig, nicht?"

„Ich finde sie eher erstaunlich. Was für ein Mensch muss das gewesen sein, wenn heute niemand zu seiner Beerdigung kam? Ich meine, jeder normale Mensch hat irgendwelche Bezugspersonen, Freunde, Familie. Man hinterlässt doch etwas. Man geht doch nicht und hat nichts bewegt im Leben?"

„Vielleicht war er neu hier in der Gegend? Oder vielleicht hatte er außer dieser Person keine Verwandte mehr?"

„Möglich." Martin nickte. Zu gern hätte er mehr über die Umstände und den Mann erfahren. Da nahm er Veronika an der Hand. Er führte sie zu einem gläsernen Kasten, der an der Außenwand der Kirche hing. Im Inneren war das Pfarrblatt und ein Infoblatt mit kirchlichen Terminen ausgehängt. Er brauchte nicht lange zu suchen, schon fand er die heute Mittag stattgefundene Trauerfeier. Er las den Namen, der dort geschrieben stand: „Otto Dujardin."

2

Martin und Veronika saßen gemeinsam am Frühstückstisch. Er hatte heute Spätschicht im Fotostudio Foto-Schönit und musste erst um 14 Uhr im Ladengeschäft sein. Veronika hatte ihren ersten Kunstkurs in der Kunsthalle Karlsruhe um 12 Uhr. So lasen sie ohne Zeitdruck die *Badischen Neuesten Nachrichten* und den heute neu erschienenen *Kurier*. Martin las gerne die Kleinanzeigen. Er liebte es, Schnäppchen zu machen und Einrichtungsgegenstände, Kleider, Möbel und dergleichen billiger zu erwerben. Letzten Sommer hatte er für kleines Geld ein neues, sehr gut erhaltenes Bett für Veronika und ihn erworben. Das hatte ihn höchst erfreut und jedem erzählte er noch wochenlang von dem günstigen Kauf.

„Hier bitte, die Zeitung", Veronika reichte ihm die *BNN* über den Tisch. „Gibst du mir dann den *Kurier*, wenn du ihn ausgelesen hast?"

„Einen Moment noch, du kannst ihn gleich haben." Er war noch ganz im Kleinanzeigenteil vertieft. Dann plötzlich las er laut vor: „Wohnungsentrümpelung, Freitag, den 18.05.2017, 17 bis 18 Uhr, Bergstraße 155, bei Dujardin klingeln." Er blickte Veronika mit funkelnden Augen an.

Diese begriff nicht, was er damit andeuten wollte. Die Anzeige sagte ihr im ersten Moment nichts.

„Dujardin!", wiederholte Martin. „Das ist doch der Name des verstorbenen Mannes, von dem Pfarrer Rebler erzählt hatte. Hier steht, dass seine Wohnung entrümpelt wird. Ich möchte da unbedingt hingehen und sehen, wie dieser Mann gewohnt hat."

„Ach Martin, lass doch gut sein. Lass den Mann in Frieden. Wir haben genug zu tun in der nächsten Zeit."

„Du musst ja nicht mitkommen, wenn du nicht magst."

Veronika schaute Martin verärgert an. Sie wusste genau, wenn sich Martin etwas in den Kopf gesetzt hatte, dann konnte sie dem nichts entgegensetzen. „Glaubst du denn, dass es dort irgendein Geheimnis gibt?", fragte sie schließlich.

„Nein, nicht wirklich, aber ich bin neugierig. Also, was ist, kommst du mit?"

Widerwillig gab sie nach. Martin freute sich sehr. Vielleicht gibt es etwas zu entdecken, sagte er sich.

Martin und Veronika stiegen ins Auto. Er hatte sich zuvor bei Google-Maps angeschaut, wo in Bruchsal die Wohnung von Otto Dujardin lag. Es ging vorbei am

Schlachthof in Richtung Heidelsheim. Martin bog in eine am Rand von Bruchsal gelegene Straße ein. Das Haus war das letzte auf der rechten Seite, kurz bevor die Felder begannen. Da Martin immer sehr pünktlich war und er es hasste, wenn man zu spät kam, waren sie eine Viertelstunde vor der eigentlichen Aktion dort.

„Hier ist es, Bergstraße 155." Martin las die Klingelschilder und sogleich fand er auch den Namen Dujardin. Er klingelte. Auch wenn sie etwas zu früh dran waren, hoffte er, dass bereits jemand da war. Er wollte unbedingt der erste sein und sich die Wohnung genau anschauen. Zu spannend erschien es ihm, die Einrichtung zu sehen von jemandem, der offenbar niemanden interessiert hatte. Es erklang ein Summton und die Tür öffnete sich. Sie stiegen hinauf ins zweite Obergeschoss. Eine freundliche, großgewachsene Frau, adrett gekleidet mit dunkelblonden kurzen Haaren und einer randlosen Brille empfing beide in der Eingangstür. Martin klärte ab, dass sie wegen der Entrümpelung gekommen waren. Die Frau nickte und bat Martin und Veronika hinein.

Die Wohnungseinrichtung enttäuschte Martin sehr. Es schien alles sehr normal zu sein. Jedes Zimmer hielt genau das, was der Name versprach. Das Einzige, was Martin auffiel, war, dass alles so penibel aufgeräumt war. Alles war akkurat angeordnet, nichts stand einfach nur so herum. Die Einrichtung war zeitlos, weder modern noch antik. Ein Möbelstück, das Martin ansprechend fand, war ein alter Sekretär, der im Wohnzimmer neben einer großen Topfpflanze stand. Er war das Einzige seiner Art. Martin fragte die Frau, ob er ihn anfassen und öffnen durfte. Die Frau bejahte und sogleich betastete, befühlte er das alte Holz. „Schöne Maserung", murmelte er. „Ich schätze, dass das Stück aus Kirschholz gefertigt wurde." Wieder bejahte die Frau und fügte hinzu, dass er sich wohl gut mit Möbelstücken auskennen würde. Geschmeichelt öffnete Martin die Schubladen. Sie gingen nur schwer auf. Enttäuscht musste Martin feststellen, dass die Schubladen bereits leer geräumt waren. Oberhalb der Schubladen gab es eine Schreibplatte, die aufgeklappt werden konnte. Kleine Fächer, Ablagen und Schublädchen verbargen sich im Inneren. Martin gefiel der Sekretär außerordentlich gut. Und da sich sonst nichts Außergewöhnliches in der Wohnung finden ließ, beratschlagte er mit Veronika, ob sie diesen Sekretär nicht einfach mitnehmen sollten.

„Aber gerne können Sie den Sekretär mitnehmen oder zu einem späteren Zeitpunkt abholen", stimmte die Frau zu. „Ich reserviere ihn Ihnen bis morgen Abend." Martin bedankte sich und erklärte, dass er zum Transport morgen mit einem Freund kommen würde. Das war kein Problem. Sie besprachen einen geeigneten Zeitpunkt, der allen passte. Bevor Martin und Veronika aufbrachen, ging Martin auf die Toilette. In dem großzügig gehaltenen Badezimmer gab es einen mächtigen Spiegelschrank. Neugierig, wie Martin war, öffnete er die Seitentüren. Dort standen zu seiner Freude noch Ottos Hygieneartikel, Parfüms und allerlei Arzneimittel. Der Mann hatte Geschmack, dachte Martin, als er ein bestimmtes Eau de Toilette in die Hand nahm: `Terre d´Hermès´. Das kannte Martin und mochte es sehr gerne. Er stellte es wieder in den Spiegelschrank zurück. Dann nahm er ein Kästchen heraus mit verschiedenen Arzneimittel. Dort waren unter anderem `Aspirin´, `Tantum Verde´ gegen Hals- und Rachenentzündungen, Pflaster und ein Mittel gegen Magenverstimmungen darin. Etwas dürftig, dachte Martin, wir zu Hause haben mehr in unserem Arzneikasten. Da entdeckte er eine Schachtel, die ganz in der hinteren Ecke des Schrankes stand. Er nahm die Schachtel heraus und las: „Penicillin". Hm, dachte Martin, da hat er wohl eine eitrige Angina gehabt oder sonst etwas Unangenehmes. Erstaunlich war aber, dass es eine große Menge an Penicillin war. Ein Teil war noch da, er hatte wohl nicht alles gebraucht oder er war noch krank, als er seinen Unfall hatte. Er stellte die Schachtel wieder zurück. In der anderen Spiegelseite waren Bürsten, Kämme, Rasierzeug und Cremes. Alles in allem war auch die Einrichtung im Badezimmer nicht sehr aufregend.

Etwas enttäuscht drückte er die Spülung und verließ das Zimmer. Martin und Veronika verabschiedeten sich und machten den andern Leuten Platz, die zur Entrümpelung gekommen waren.

Stumm stiegen sie in Martins Corsa. Veronika wusste genau, was Martin im Kopf herumging. Er hatte so gehofft, dass er auf etwas Ungewöhnliches stoßen würde, aber so wie es ausschaute, war dies nicht so.

Sie tröstete ihn damit, dass sie sowieso keine Zeit hätten für Geheimnisse und Ermittlungen, da ihre Hochzeit in drei Wochen stattfinden würde und noch so viel zu organisieren sei. Martin blickte Veronika an. Er wusste, dass sie Recht hatte. Trotzdem fühlte er sich wie ein kleines Kind, dem man gerade die Vorfreude auf ein schönes Geschenk genommen hatte, weil man ihm gesagt hatte, er bekomme zum Geburtstag ein schönes Paar Lackschuhe.

„Alter Grummelwummel!", Veronika strich ihm über den Kopf. Martin grunzte und startete den Motor.

Es klingelte an der Tür. Veronika öffnete und verkeilte die Eingangstür, sodass sie nicht wieder zufallen konnte. Unten hörte sie das Ächzen und Stöhnen zweier Männer. Nach etwa zehn Minuten kamen Martin und sein Freund Gerald um die Ecke gebogen. Sie trugen den Sekretär hinauf, was ziemlich beschwerlich ausschaute. Veronika konnte nicht mit anpacken, da der Hausflur sehr eng war. Oben angekommen stellten sie den Sekretär im Wohnzimmer ab. Veronika hatte den Platz dafür bereits leergeräumt.

„Er ist nicht so schwer, aber sperrig", meinte Martin und tupfte sich den Schweiß von der Stirn. „Vielen Dank, Gerald."

„Aber bitte, keine Ursache. Ich helfe euch gerne. Es war mir ein Vergnügen." Gerald war ein alter Freund von Martin, der direkt aus Bruchsal kam. Mit ihm hatte er schon viele Höhen und Tiefen erlebt. Einmal waren auch sie in einen Mordfall verwickelt gewesen. Seit dieser Zeit war die Freundschaft noch enger geworden. „Wenn du mich nochmal brauchst, dann melde dich einfach."

Martin trank noch mit Gerald ein Bier zusammen und erzählte ihm die Geschichte, wie er zu dem Sekretär gekommen war. Aber auch Gerald meinte, dass wahrscheinlich nichts Außergewöhnliches zu finden sei. Ein armer Tropf sei er, der auf unglückliche Weise gestorben war. Nicht hinter jeder Geschichte stecke ein Mordfall. Martin pflichtete ihm bei.

Spät am Abend nahm Martin eine Politur und ein Tuch und machte sich daran, den Sekretär frisch aufzubereiten. Er begann mit den unteren Schubladen.

Nach und nach arbeitete er sich nach oben hin vor. Als er eine der kleinen oberen Schubladen öffnete, merkte er, dass er diese ganz herausnehmen konnte, wenn er sie ein bisschen anhob. „Wie praktisch", sagte er sich. So konnte er die Schublade besser reinigen. Als er den Schacht polierte, stieß er mit der Hand an etwas, was im Inneren, hinter der eigentlichen Schublade postiert war. Er nahm sein Handy, schaltete die Taschenlampenfunktion ein und leuchtete in den Schacht. Dann zog er heraus, was dort hineingelegt wurde. Er legte es auf den Tisch.

„Veronika, komm mal schnell her!", rief er.

Als Veronika neben ihm stand, zeigte er auf seine Fundsache. Es war ein kleines Notizbuch, ein Bündel Geldscheine mit einem Zettel und eine Fotografie.

3

Martin schaute Veronika mit einem vielsagenden Blick an. Dann setzte er sich an den Esszimmertisch und zählte das Geld. Es waren 1500 Euro in Einhunderteuroscheinen. Auf dem Zettel, der an das Geldbündel angeheftet war, standen fünf Monatsnamen, aufgelistet von Dezember 2016 bis April 2017. Martin konnte sich keinen Reim darauf machen. Er legte die Scheine zusammen mit dem Zettel wieder zurück auf den Tisch. Dann nahm er die Fotografie in die Hand. Darauf sah man zwei Männer, die eng beieinanderstanden und sich die Hände reichten. Einer schaute verschämt auf die Seite. So, als ob er nach irgendetwas Ausschau halte.

„Was meinst du?", fragte er Veronika.

„Die Kleidung der Männer ist sonderbar. Sieht nach Einheitskleidung aus, findest du nicht?"

„Ja, stimmt." Dann ging Martin mit den Augen näher an das Bild heran. Er kniff die Augen zusammen. „Du, schau mal. Die beiden geben sich die Hand, aber etwas stimmt da nicht. Irgendetwas Weißes hat der eine in der einen Hand. Bei näherem Betrachten sieht es so aus, als ob der eine dem anderen etwas gibt. Heimlich. Siehst du?"

„Zeig mal her. Ja, stimmt. Die beiden überreichen sich etwas. Der eine schaut sich um, und hält Ausschau, ob sie dabei beobachtet werden."

Martin drehte das Bild um. Auf der Rückseite war ein Name notiert: Walter Buchenhain.

Dann legte Martin das Bild wieder neben die Scheine auf den Tisch. Zuletzt blätterte Martin das Notizbuch auf. Ganz verwundert las Martin, was darin geschrieben stand. Es waren Namen. Namen mit Datum und Ortsangabe. Martin las einige vor: „Frederick, 02.04.2015, Güterbahnhof; Andreas 24.06.2015, Grünpresse; Maximilian 10.10.2016, Grünpresse." Er schaute Veronika fragend an. „Das geht nur so weiter. Chronologisch sortiert. Mehrere Seiten lang. Manche Namen sind mit einem Kreuzchen markiert. Ein Name ist mit rot eingekreist, so wie ich hier sehe, und ein kleiner Zettel liegt eingeklemmt zwischen den Seiten mit einer Adresse darauf."

Veronika nahm das Notizbuch in die Hand und blätterte die beschriebenen Seiten durch. Dann schüttelte sie den Kopf. Was das zu bedeuten hatte?

„Ich weiß es auch nicht", fasste Martin anschließend zusammen, „aber dieser Otto Dujardin hatte vielleicht doch ein Geheimnis. Jedenfalls hat er etwas Seltsames aufgeschrieben und vor anderen Leuten versteckt. Andere Leute sollten von dem nichts wissen, was hier aufbewahrt wurde. Da bin ich mir sicher."

Veronika fragte: „Und, was willst du jetzt machen?"

„Erstmal nichts. Ich muss jetzt ins Bett, bin hundemüde. Morgen werden wir überlegen, was wir damit anfangen." Er stand auf, ging ins Bad und machte sich bettfertig. Veronika schaute sich nochmals das Foto an und folgte ihm.

Als Martin am nächsten Morgen neben Veronika erwachte, streichelte er ihr zärtlich die Wange. Mit einem Seufzer wachte sie auf. Er lehnte sich auf seinen rechten Arm und erzählte, dass er in der Nacht lange wach gelegen und über die Sache nachgedacht hatte. Veronika setzte sich aufrecht hin und wiederholte ihre Frage von gestern Abend: „Und, was willst du jetzt machen?"

„Ich werde Nachforschungen anstellen."

Sie drehte den Kopf in Richtung Fenster, dachte einen Moment nach und meinte dann bittend: „Martin, in knapp drei Wochen heiraten wir. Wir müssen noch so viel organisieren. Und ich habe wirklich keinen Kopf für derlei Dinge. Ich wünschte, du auch nicht. Ich brauche dich in der nächsten Zeit, alleine schaffe ich es nicht."

Er nahm ihre Hand. „Wir werden es schaffen und wir werden heiraten. Ich verspreche dir, ich werde mit all meiner Kraft bei dir sein." Nach einer kurzen Pause fügte er energisch hinzu: „Und die restliche Zeit werde ich damit verbringen, den Dingen auf den Grund gehen."

Veronika wusste, dass sie es Martin nicht ausreden konnte. Wenn er es sich in den Kopf gesetzt hatte, konnte sie ihn nicht davon abbringen. „Gut, aber ich werde dich auf deine Aufgaben aufmerksam machen und ich erwarte, dass du sie dann auch erledigst. So wie wir es abgesprochen hatten." Ihre Stimme klang ungewohnt scharf. Martin pflichtete bei. Dann stand er auf und ging ins Bad, um sich zu waschen. Veronika blieb gedankenversunken im Bett liegen. Anschließend kam er wieder ins Schlafzimmer und zog sich an. „Ich werde das Geld zurückbringen", begann Martin. „Diese Frau hat mir eine Visitenkarte von sich gegeben, als ich mit Gerald den Sekretär abgeholt habe. Vielleicht kann ich sie über Otto Dujardin ausfragen. Vielleicht erzählt sie mir etwas." Motiviert knöpfte er das Hemd zu. „Ich muss erst spät in den Laden heute, ich werde die Dame gleich besuchen."

Veronika beobachtete Martin. Irgendwie bewunderte sie seine Begeisterungsfähigkeit, auch wenn jetzt ein ungeeigneter Zeitpunkt dafür war. Sie stieg aus dem Bett und umarmte ihn versöhnlich. „Pass auf dich auf", flüsterte sie ihm zu. Er lächelte leicht, nahm das Geld vom Esszimmertisch, vergewisserte sich, dass er die Visitenkarte eingesteckt hatte und verließ das Haus.

Frau Futzel lebte in einer Wohnung im Herzen Bruchsals. Als Martin in die Amalienstraße einbog, fuhr gerade ein Auto aus einer Parklücke. Wie praktisch, dachte er. Das Haus mit der Nummer 84 lag am Ende der Straße, unweit vom Bahnhof. Martin nahm die Visitenkarte in die Hand und las die Klingelschilder. Als kurz darauf die Türe aufging, freute er sich. Offenbar war Frau Futzel zu Hause und noch nicht bei der Arbeit. Er stieg eine Treppe hinauf in das erste Obergeschoss. In der Tür stand Frau Futzel, die ihn überrascht ansah. Martin begrüßte sie und stellte sich vor. Er gab zu verstehen, dass er ihr etwas geben wolle, was er im Sekretär gefunden hatte. Sie bat ihn herein.

„Bitte, nehmen Sie doch Platz, Herr Fennberg. Also, worum geht es?"

Martin erzählte ihr vom Geheimfach und dem gefundenen Geld. Als ehrlicher Finder wollte er ihr es persönlich überreichen. Sichtlich erfreut nahm Frau Futzel das Geld entgegen. Martin wollte gerne mit ihr über den Toten sprechen, doch er wusste nicht recht, wie anfangen. Schließlich begann er: „Die Wohnung des Herrn Dujardin war sehr stilvoll eingerichtet. Er hatte offenbar sehr viel Geschmack."

Frau Futzel grunzte. Sie war nicht seiner Meinung. Ihrer Meinung nach hatte die Wohnung alles andere als Stil. Billig und zusammengestückelt war sie. Sie hätte sich darin nicht wohlgefühlt. Martin schaute sich um. Ihm fiel auf, dass ihre Wohnung um einiges stilvoller und teurer eingerichtet war als die Wohnung des Toten. Kein Wunder, dass die Frau nichts von den Möbelstücken für sich selbst behalten wollte. Nichts hätte hier hereingepasst. Martin machte eine schmeichelnde Bemerkung über Ihren Einrichtungsstil. Er betonte, wie gut sich alles ineinanderfügte. Frau Futzel richtete sich auf und erklärte stolz, dass sie Innenraumausstatterin sei. Sie besaß ein eigenes Ladengeschäft in der Fußgängerzone in Bruchsal. Martin bekundete sein reges Interesse daran, mehr zu erfahren. Frau Futzel erzählte ihm eine ausführliche Geschichte über ihren beruflichen Werdegang und die Entwicklung ihres Geschäfts, angefangen von dem kleinen Büro, mit dem sie 1983 angefangen hatte, bis hin zur kleinen Firma mit sechs Angestellten, so wie es heute war. Die Geschichte hörte damit auf, dass sie erst kürzlich das neu eröffnete Café am Kübelmarkt ausgestattet hatte. Martin gab zwischendurch zustimmende Laute von sich. Er hatte den Eindruck, dass sich Frau Futzel entspannte und bereit war, mit ihm gelöst weiter zu erzählen. Sie hörte sich gerne selbst reden, vermutete er. Er hatte genau das Thema getroffen, das eine Stimmung und Vertrautheit hervorrief, die er benötigte, um die weit aus persönlicheren Themen zu besprechen, so wie er es geplant hatte.

Er tastete sich nach einer kurzen Pause voran, indem er fragte, in welcher Verbindung sie mit dem Toten gestanden hatte.

„Er war mein Bruder", sagte sie.

Martin schaute sie mit Anteilnahme an. „Das tut mir leid, mein Beileid. Es muss Sie schwer getroffen haben, Ihren Bruder zu verlieren."

Sie schaute ihm in die Augen und meinte: „Wir hatten keinen Kontakt, wissen Sie. Schon Jahre lang nicht mehr. Sein Tod kam sehr überraschend. Ich würde nicht sagen, dass ich trauere, ich bin eher überrascht."

„Wie darf ich das verstehen?"

Wie mit einem Vertrauten sprach Frau Futzel weiter: „Otto war nicht der Typ, der aus einem Fenster fällt, wenn Sie wissen, was ich meine. Aber offenbar muss es so gewesen sein, denn die Polizei hat nichts Gegenteiliges herausgefunden."

„Oh, ich wusste nicht, dass es ein Unfall war. Das ist ja schrecklich", log Martin.

„Wie gesagt, er stand wohl am Fenster und rauchte, dann ist er hinausgefallen. Wir müssen es so hinnehmen."

„Lebte er denn alleine?"

„Otto war verheiratet mit einer jungen Frau. Ich habe sie nur einmal gesehen."

Martin stutzte. Otto Dujardin war verheiratet, aber auf der Beerdigung war nur eine einzige Person anwesend. Schließlich fragte er: „Waren Sie auf seiner Beerdigung?"

„Aber natürlich, welch seltsame Frage." Frau Futzel schüttelte verständnislos den Kopf.

Merkwürdig, dachte Martin. Wenn Frau Futzel auf der Beerdigung war, wo war dann die Ehefrau gewesen? Wieso war sie nicht da? Sofort kam ihm eine wichtige Frage in den Sinn: „Sagen Sie, haben Sie die Ausrichtung der Trauerfeier übernommen oder seine Frau?"

Frau Futzel schien irritiert. Dann sagte sie: „Die Ehefrau war nicht im Stande dazu. Und da ich seine nächste Verwandte war, habe ich die Aufgabe übertragen bekommen. Ich kümmere mich auch um alle offiziellen Abwicklungen."

„Hatten Sie mit seiner Ehefrau keinen Kontakt?", fragte er vorsichtig.

„Keinen." Wieder setzte sie zu einer langen Erzählung an: „Otto und ich lebten zwar beide in Bruchsal, aber gesehen haben wir uns praktisch nie. Sehen Sie, mein

Bruder war kein Mensch, mit dem man gerne Kontakt haben wollte. Er war sehr egoistisch, handelte nur nach seinem Vorteil. Wenn er von jemanden nichts mehr erwarten konnte, ließ er ihn fallen. So war das. Familie war ihm schon immer lästig gewesen. Unsere Beziehung war ihm zu eng. Wir wussten zu viel voneinander und es gab zu viele Verbindlichkeiten. Otto tat nur das, wonach ihm der Sinn stand. Und wenn er etwas tat, was andere nicht für gut empfanden, dann log er einfach darüber hinweg."

Martin war etwas peinlich berührt, dass sie so von ihrem Bruder sprach. Ungläubig sagte er: „Das kann ich mir gar nicht vorstellen."

„Ich erzähle Ihnen einmal eine Geschichte: An meinem vierzigsten Geburtstag gab es zwölf geladene Gäste und es gab einen leckeren Kuchen mit zwölf Stückchen. Otto aß eines davon und wollte gleich darauf noch ein Zweites. Ich fragte ihn, ob er denn nicht ein anderes essen wolle, damit jeder etwas von dem leckeren Kuchen abbekommen konnte, doch Otto sagte nur: `Nein, mir schmeckt er gut und ich will gleich noch ein zweites Stück.´ So getan, musste ein anderer darauf verzichten. So war Otto, das ist ein gutes Beispiel für sein Handeln. Er war ein faules Ei, mit dem niemand näher zu tun haben wollte."

Die Aussage von Frau Futzel schockierte Martin. So eine direkte und offene Ansprache hatte er nicht erwartet. Sie blieb emotional unbeteiligt, wenn sie sprach. Es schien so, als ob ihr Otto Dujardin vollkommen egal geworden war.

Martin fragte weiter: „Was war er denn von Beruf, Herr Dujardin?"

„Er war Vollzugsbeamter in der Justizvollzugsanstalt in Bruchsal." Nach einer kleinen Pause fügte sie hinzu: „Das passte richtig gut zu ihm. Da konnte er mit den Insassen umspringen, wie er es wollte. Die konnte er herumkommandieren."

„Das ist ja interessant."

„Finden Sie? Ich fand es höchst beunruhigend. Was ist, wenn einer von denen mal herauskommt? Ich wäre ja an seiner Stelle meines Lebens nicht mehr froh geworden. Aber jeder, wie er möchte." Sie stand plötzlich auf. Es war ihr schlagartig bewusst geworden, dass sie ihm zu viele persönliche und intime Dinge ausgeplaudert hatte. Ihm, einem vollkommen Unbekannten. Wieder einmal hatte sie nicht an sich halten können und hatte getratscht. Sie nahm sich vor, in Zukunft vorsichtiger zu werden. Schließlich sagte sie: „Seien Sie mir nicht böse, Herr Fennberg, aber ich muss sie jetzt bitten zu gehen. Ich muss zur Arbeit." Sie reichte Martin die Hand. Er verabschiedete sich und verließ mit einem dumpfen Gefühl das Haus.

4

Etwas müde und abgespannt kam Martin von seinem Arbeitstag nach Hause. Er ging als erstes in die Küche und machte sich ein Bier auf. Dann bemerkte er, dass Veronika im Wohnzimmer auf dem Boden saß und unzählige Kärtchen um sich herum verstreut auf dem Boden liegen hatte. Sie erklärte ihm, dass sie versuchte, eine Sitzordnung für die gemeinsame Hochzeitsfeier festzulegen. Hierfür habe sie alle Namen der geladenen Gäste auf Kärtchen geschrieben. Nun versuchte sie Gruppen zu bilden. Sie war sich nicht ganz einig darüber, ob sie eher homogene oder heterogene Gruppen bilden sollte. „Wäre es nicht spannender, wenn sich Unbekannte nebeneinander sitzen würden?", fragte sie Martin. „Das würde verhindern, dass sich Grüppchen bilden, die sich nur miteinander beschäftigen." Doch dieser fand die Idee nicht gut. Er meinte nur, dass sie sich in die Lage der Gäste versetzen solle. Rolf von Breidenfall neben Gerald zum Beispiel könne er sich nicht vorstellen. Außerdem gäbe es Menschen, die weniger kontaktfähig wären, die würden dann den ganzen Abend stumm dasitzen und sich ärgern, dass ihre Bezugspersonen am anderen Ende des Tisches saßen. Nein, er zog eine konservative Sitzordnung vor.

Er setzte sich neben Veronika. Sie versuchten nun die Gäste gemeinsam in Gruppen zu ordnen. An ihrem Tisch müssten die engeren Familienmitglieder sitzen, befand Martin. Links neben ihn platzierten sie seinen Vater und seinen Bruder Jürgen samt Ehefrau Vanessa. Rechts neben Veronika sollten die von Breidenfalls sitzen: Rolf mit seiner neuen Frau Inge, dann die beiden Kinder Lena und Marcus. Veronikas Eltern waren bei einem Autounfall ums Leben gekommen. Ihr Onkel Rolf und seine Familie waren seit damals Veronikas enger Familienersatz.

Den nächsten Tisch besetzten sie mit Martins Freund Gerald und seinen Theaterfreunden aus der *Muschel*, einem Amateurtheater in Bruchsal. Die Gruppe hatte auch angedeutet, an der Feier eine kleine Aufführung darzubieten, worauf sie sich sehr freuten.

Ein Tisch wurde mit Kollegen aus dem Fotogeschäft und Kollegen aus der Kunsthalle besetzt. Die übrigen Tischgruppen bestanden aus alten Schulfreunden und weitläufigeren Verwandten.

Als Martin und Veronika fertig waren, standen sie auf und sahen zufrieden auf die getane Arbeit, die vor ihnen verteilt auf dem Wohnzimmerboden lag. Veronika ging zum Esszimmertisch und nahm einen Stapel weiße mit einem hellblauen Muster versehene Tischkärtchen und einen goldfarbenen Stift. Sie hob beides in die Höhe und forderte Martin auf, die Namen der Gäste in Schönschrift auf die Kärtchen zu schreiben, da er die schönere Schrift von beiden hatte. Er setzte sich an den Tisch und Veronika gab ihm gruppenweise alle Namenschilder, die er gekonnt beschriftete. Der letzte Name war geschrieben und Veronika gerade dabei, mit Gummis die einzelnen Tischgruppen zusammen zu binden, als Martin die zur Seite geräumten Fundsachen aus dem Sekretär erblickte. Jetzt erinnerte er sich schlagartig an das Gespräch mit Frau Futzel und an das, was sie über ihren Bruder gesagt hatte. Nachdem er Veronika aufgefordert hatte, sich neben ihn hinzusetzen, gab er ihr das Gespräch in allen Einzelheiten wieder. Veronika war ebenso wie er am Morgen schockiert darüber, wie Frau Futzel über ihren Bruder dachte. „Er war also ein faules Ei", wiederholte Veronika, „mit dem niemand etwas zu tun haben wollte? Erklärt das die Tatsache, dass niemand bei der Beerdigung war, außer seiner Schwester?" Martin mochte sich über diese Tatsache nicht festlegen. Es würde viele Gründe geben, außerdem wüsste man nicht, ob die Meinung von Frau Futzel nicht nur von persönlicher Enttäuschung geprägt war, sondern auch der Wirklichkeit entsprach. Nein, festlegen wollte er sich nicht.

Dann nahm er die Fotografie in die Hand. Er betrachtete die beiden Männer, die etwas miteinander tauschten. Er dachte an das, was Veronika gestern gesagt hatte, über deren Kleidung. Sie trugen graue Einheitskleidung. Veronika, die über seine Schulter blickte und über das nachdachte, was Martin von Otto Dujardin erzählt hatte, legte den Kopf auf die Seite und meinte, dass das Foto vielleicht in der Justizvollzugsanstalt aufgenommen worden war. Das würde zur Kleidung passen. Martin stimmte zu. Ihm war der Gedanke auch schon gekommen. Und der Name Walter Buchenhain, der auf die Rückseite geschrieben war, gehörte wahrscheinlich einem der beiden Männer.

„Vielleicht ist das Weiße, das sie tauschen, ein Päckchen Drogen?", bemerkte Veronika. „Drogenhandel wird auch in Gefängnissen betrieben. Ich habe einen Artikel darüber gelesen. In einem Gefängnis in England wurden letztes Jahr über fünf Kilo Kokain gefunden. Das könnte auch hier zutreffen, was meinst du? Und beide schauen so, als ob sie dabei nicht beobachtet werden wollen."

„Vielleicht hast du Recht und Otto Dujardin hat den Moment des Deals fotografiert?"

„Oder von jemandem ein Foto zugesteckt bekommen."

Martin schaute Veronika mit offenem Mund an. Wenn das stimmte, würde Otto Dujardin vielleicht doch nicht zufällig aus dem Fenster gefallen sein. Vielleicht hatte er diesen Walter Buchenhain mit dem Foto erpresst? Vielleicht verlangte er Geld, damit er die Information für sich behielt? Martin dachte an die 1500 Euro und die auf den Zettel geschriebenen Monatsnamen. Die Monatsnamen könnten angeben, wann die Raten bezahlt wurden.

„Ich muss mehr über diesen Walter Buchenhain herausbekommen", befand Martin. Er biss sich auf die Lippe. Veronika hatte keine Idee, wie und wo er ansetzen konnte. Dann stand er auf und lief im Zimmer umher. Veronika beobachtete ihn dabei. Schließlich blieb er abrupt stehen und sagte: „Ich werde nochmals mit Frau Futzel sprechen und sie ins Vertrauen ziehen. Vielleicht hat sie auch ein Interesse daran, heraus zu bekommen, was wirklich mit ihrem Bruder geschah? Sie ist der einzige Ansatzpunkt. Nur mit ihr als Angehörige kann ich an Informationen aus der Justizvollzugsanstalt kommen. Ich alleine würde nichts erfahren."

Martin hob den Zeigefinger. Dann ging er in den Flur, nahm das Telefon und zog die Visitenkarte von Frau Futzel aus dem Geldbeutel. Er wählte und lief aufgeregt im Wohnzimmer umher. Das Telefonat war nur kurz. Frau Futzel war sehr überrascht, dass sich Martin noch einmal bei ihr meldete. Nachdem Martin die Dringlichkeit eines erneuten Treffens geschildert hatte, bot sie ihm einen Termin Ende der Woche an. Vorher hatte sie keine Zeit. Martin bestätigte den Termin, bedankte sich und legte wieder auf. Zufrieden ließ er sich auf der Couch nieder.

Martin konnte in der Nacht kaum schlafen. Immer wieder wälzte er sich im Bett hin und her. Er schaute auf die Uhr. Es war halb vier. Veronika schien tief und fest zu schlafen. Leise setzte er sich auf. Er dachte an Otto Dujardin. Bis zum Ende der Woche musste er warten, bis er etwas Neues herausfinden konnte. Vorher konnte er nichts unternehmen, was ihn sehr ärgerte. Geräuschlos stieg er aus dem Bett und ging in die Küche, um etwas Wasser zu trinken. Immer wieder dachte er an Otto Dujardin. Welches Geheimnis steckte hinter dem Geld, dem Foto und dem Notizbuch? War er ein Erpresser und musste deswegen sterben? Er setzte sich an den Esszimmertisch und nahm das Foto in die Hand. Wieder las er den Namen: Walter Buchenhain. Lange betrachtete er die Fotografie. Er musste auf der richtigen Spur sein, dachte er.

Dann nahm er das Notizbuch, das ihm ebenso ein Rätsel aufgab. Was hatten diese Namen mit Orts- und Datumsangabe zu bedeuten? Waren das auch Opfer, die er erpresste? Menschen, von denen er ein Geheimnis wusste und die dafür bezahlen mussten? Der Güterbahnhof war in Bruchsal. Den kannte er. Dort war er schon gewesen. Aber was bedeutete `Grünpresse´? Von diesem Ort hatte er noch nie gehört. Er holte seinen Laptop und fuhr ihn hoch. Er googelte den Ort Grünpresse. Dann hob er die Brauen, denn der Ort war ein Parkplatz an der A 5 zwischen Walldorf und Bruchsal. Für Martin passte das nicht zusammen. Was hatten der Güterbahnhof und ein Rastplatz an der Autobahn miteinander zu tun? Es gab nur eine Möglichkeit, das herauszufinden, dachte er. Morgen würde er sich aufmachen und beide Orte aufsuchen.

Martin stieg in seinen Corsa. Die Frühschicht heute lag hinter ihm und er konnte bereits um 16 Uhr das Ladengeschäft verlassen. Er war sehr müde gewesen, schon den ganzen Tag. Trotzdem fuhr er nicht gleich über Landstraße nach Hause, sondern lenkte den Wagen auf die Autobahn in Richtung Heidelberg. Um zum Parkplatz Grünpresse zu gelangen, musste er bis zum Walldorfer Kreuz und von dort wieder auf der selben Autobahn zurück in Richtung Bruchsal fahren. Da las er das Schild Grünpresse. Er setzte den Blinker und bog ab. Langsam fuhr er auf den Parkplatz. Alles schien normal zu sein. Es parkten Autos, deren Fahrer Rast machten oder auf die Toilette mussten. Nichts Außergewöhnliches war zu sehen. Er schaute sich den Parkplatz genau an. Im hinteren Teil der Anlage gab es ein kleines Wäldchen, sonst gab es nur Bänke und Tische. Er entschied, für eine Weile in einer der Parkbuchten stehen zu bleiben. Er versprach sich davon nichts und auch tatsächlich ereignete sich auch nichts Ungewöhnliches. Nach einer Dreiviertelstunde fuhr er enttäuscht davon.

Bevor er nach Hause fuhr, sah er sich auch den Güterbahnhof an. Aber so, wie er ihn kannte, waren das nur alte, leerstehende Gebäude mit einer Art Rampe davor. Die Straße war aus Kopfsteinpflaster und nur in der Hauptverkehrszeit viel befahren. Enttäuscht fuhr er weiter nach Hause.

Zu Hause angekommen berichtete er Veronika, die bereits nervös auf ihn wartete, von seiner Nichtentdeckung. Sichtbar verärgert saß er da und aß das bereits kalte Abendessen. Jetzt wusste er keine weiteren Anknüpfungspunkte. Die Ortsangaben ergaben für ihn keinen Sinn. Da sagte Veronika wie selbstverständlich: „Vielleicht warst du nur zur falschen Zeit dort?"

Martin sah sie mit großen Augen an. `Zur falschen Zeit´, hatte Veronika gesagt. Wieder flammte eine leise Begeisterung in ihm auf. Das wäre eine Möglichkeit.

Vielleicht war er zu früh oder zu spät dort und es gab in Wirklichkeit spezielle Zeiten, an denen sich etwas ereignete. Er küsste Veronika, die ihm mit diesem Einfall wieder neuen Mut gegeben hatte. Aber welches war die richtige Zeit? Wieder half ihm Veronika: „Wenn ich ein Drogengeschäft abschließen wollte, dann würde ich warten, bis es dunkel ist und mich niemand beobachtet."

Martin fragte etwas verwirrt: „Wie kommst du denn darauf, dass auf diesem Parkplatz Drogengeschäfte abgewickelt werden?"

„Ich weiß es nicht, es war nur ein Gedanke. Vielleicht, weil auf dem Foto auch ein Drogengeschäft abgebildet war? Möglicherweise eignen sich die beiden Orte besonders gut durch ihre Abgelegenheit?"

Martin runzelte die Stirn.

„Vielleicht gibt es ja einen Zusammenhang zwischen dem Geld, dem Notizbuch und dem Foto?", mutmaßte Veronika.

Vielleicht gab es einen, dachte Martin. Jedenfalls würde er nochmals zu diesen Orten fahren. Zu einem späteren Zeitpunkt, wenn es dunkel war. Vielleicht würde er etwas entdecken oder vielleicht würde ihm jemand sogar Drogen anbieten. Das wäre der Beweis. Er entschloss sich, an diesem Abend nochmals die Runde zu fahren.

Veronika wollte ihn begleiten, doch Martin lehnte ab. Er wolle sich alleine auf die Lauer legen.

Es war 22 Uhr. Martin stieg in seinen Corsa und fuhr den ihm bekannten Weg zum Rastplatz Grünpresse. Dort angekommen, konnte er feststellen, dass in der Nacht mehr Leute unterwegs waren als am Tag. Es waren etwa 20 Autos, die in den Parkbuchten standen. Er beschloss zunächst im Auto sitzen zu bleiben. Da kam ein Auto und parkte zwei Buchten weiter. Ein Mann stieg aus. Es war ungewöhnlich warm an diesem Abend. Der Mann zog seine Jacke aus und schloss das Auto ab. Dann blieb er eine Weile lang stehen und sah sich um. Langsam ging er weiter nach hinten zu dem kleinen Wäldchen, in dem er dann verschwand. Im selben Augenblick kam ein anderer Mann aus dem Wäldchen heraus und stieg in sein Auto ein. Sonderbar, dachte Martin. Es passierte weiter nichts. Martin überlegte sich, dass er zu diesem Wäldchen laufen sollte, um etwas entdecken zu können. Hier im Auto würde er nichts Brauchbares erfahren. Er stieg aus und schloss das Auto ab. Unbehagen stieg in ihm auf. Langsam ging er auf dieses Wäldchen zu. Da kam ihm ein Mann entgegen. Dieser musterte ihn intensiv. Martin spürte die Blicke des Mannes genau. Als sie an einander vorbeigelaufen waren, drehte sich Martin um. Auch der Mann drehte sich um und blieb stehen. Martin beschleunigte seine Schritte und konzentrierte sich auf das Wäldchen. Jetzt konnte er schemenhaft sehen, was dort vor sich ging. Eine Gruppe Männer stand dicht beieinander. Manchmal löste sich einer, manchmal kam ein neuer dazu. Um besser sehen zu können, müsste Martin weiter herangehen, doch das traute er sich nicht. Nach einem heimlichen Drogengeschäft sah das jedenfalls nicht aus. Als er zurück zu seinem Auto laufen wollte, stand da wieder dieser Mann, der offenbar auf ihn gewartet hatte. Als er an ihm vorbei wollte, fasste ihn der Mann an der Schulter an und sagte: „Na, hast du Lust?" Martin dachte, Lust worauf? Aber nachfragen wollte er nicht. Er wollte nur schnell weg von hier. Der Ort war ihm nicht geheuer. Schnell sprang er in sein Auto und fuhr davon. Als er auf der Autobahn war, war seine Angst verflogen, doch das beklommene Gefühl konnte er nicht ablegen. Er entschloss sich trotzdem, auch noch am Güterbahnhof vorbei zu fahren. Dort angekommen sah er ein paar parkende Autos. Er stellte sich daneben. Dann bemerkte er, dass in allen Autos Männer saßen. Auch in dem neben ihm. Der Mann sah ihn an und lächelte sonderbar. Martin senkte den Blick. Als Martin einige Augenblicke später nochmals hinsah, blickte ihn der Mann immer noch ungewöhnlich eindringlich an. Der Fremde ließ die Scheibe runter und gab gestisch an, dass auch Martin die Scheibe runterlassen sollte. Dann flüsterte der Mann: „Hast du Lust, mit zu mir zu kommen?" Martin beantwortete die Frage mit einem knappen `Nein´, startete den Motor und fuhr auf direktem Weg nach Hause.

5

Veronika war wach geblieben. Sie legte ihr Buch zur Seite, in dem sie gerade über eine Frau las, die den Konflikt hatte, feministische Künstlerin und liebende Ehefrau und Mutter zugleich sein zu wollen. Dieses Thema der Autonomie, der Selbstbestimmtheit, sein selbst gewähltes Leben zu leben und darin glücklich zu sein, beschäftigte sie sehr. Zu sehr sah sie sich manchmal in Zwängen gefangen. Doch sie strebte nach Selbsterfüllung, nach einem freien Leben, trotz Beruf und Familie. Das Buch regte sie zum Nachdenken an. Sie liebte derlei philosophische Literatur. Es beflügelte sie und sie blieb rege im Denken.

Als sie tief in Gedanken versunken im Bett lag, wurde ihre Konzentration durch das Öffnen der Haustüre unterbrochen. Martin trat mit Jacke und Schuhen ins Schlafzimmer. Als er sah, dass Veronika noch wach war, begann er gleich zu berichten: „Ich weiß nicht, was ich sagen soll. Ich habe Einiges herausgefunden. Und doch weiß ich nicht, was ich davon halten soll."

Er setzte sich neben Veronika auf die Bettkannte. Veronika ermunterte ihn, alles in Einzelheiten zu berichten. Er beschrieb zunächst die Lage des Rastplatzes Grünpresse. Alles in allem war es ein normaler Parkplatz mit Ausnahme, dass sich am einen Ende ein kleines Wäldchen befand. Die meisten Parkplätze, so meinte Martin sich zu erinnern, waren mit Zäunen umrandet und die Wälder oder Felder rings herum, nicht zugänglich. Also hier war es anders. Als er nun in der Nacht dort ankam, sah er, dass der Wald dort offenbar eine zentrale Rolle spielte. Regelmäßig gingen Leute hinein oder hinaus. Er selbst getraute sich nicht alleine hinein zu gehen. Er wusste nicht, ob es gefährlich war. Veronika unterbrach seine Ausführung und meinte, dass dies dann wohl der Ort des Deals sein könnte. „Möglich", sagte Martin. „Aber das seltsame war, dass, soweit ich es sehen konnte, viele Leute zusammenstanden. Bei einem Drogengeschäft ist man doch alleine oder nicht? Alleine und verschwiegen." Veronika überlegte kurz und gab ihm Recht. Dann berichtete Martin weiter: „Und noch etwas war seltsam. Es waren nur Männer da. Keine Frauen. Männer, die in einem Pulk zusammenstanden."

„Was in aller Welt machen Männer zusammen in einem Waldstück, mitten in der Nacht?", Veronika dachte angestrengt nach.

„Einer sprach mich an, als ich an ihm vorbei ging. Er fragte mich, ob ich Lust hätte. Aber Lust worauf? Kannst du dir vorstellen, was er gemeint haben könnte?"

Veronika wiederholte fragend das Wort `Lust´.

Dann erzählte Martin von seinem zweiten Erlebnis am Güterbahnhof. Auch dort waren nur Männer und auch dort wurde er angesprochen und gefragt, ob er mit jemanden nach Hause gehen wollte.

„Und was hast du geantwortet?"

„Na: `Nein´, was glaubst du denn? Ich kurbelte die Scheibe meines Autos sofort wieder hoch und fuhr direkt nach Hause."

Martin und Veronika blieben eine Weile lang stumm nebeneinander auf dem Bett sitzen. Dann begann Veronika langsam: „Vielleicht haben diese Männer gar nichts mit den Drogen zu tun?"

„Wie meinst du das?"

„Na, vielleicht hat dieser Walter Buchenhain auf der Fotografie überhaupt nichts mit den Leuten in dem

Notizbuch zu tun. Das sind vielleicht doch zwei verschiedene Geschichten."

Martin nickte. „Wahrscheinlich hast du Recht."

„Wenn ich jemanden Drogen verkaufen wollte, dann würde ich bestimmt nicht fragen, ob er Lust hätte. Diese Frage passt nicht, wenn du weißt, was ich meine."

„Stimmt. Das passt nicht zusammen."

Martin beschloss sich bettfertig zu machen und mit Veronika schlafen zu gehen. Vielleicht würde er morgen einen klaren Gedanken fassen können und herausfinden, was das alles zu bedeuten hatte. Er gab Veronika einen Gutenachtkuss und machte das Licht aus.

Mitten in der Nacht fuhr er wie vom Blitz getroffen hoch. Hastig stupste er Veronika, sodass auch sie aufwachte. „Ich hab´s!", flüsterte er.

„Warum weckst du mich denn? Es ist mitten in der Nacht."

„Ich weiß, was diese Männer umgetrieben hatte. Dass ich nicht sofort darauf gekommen war!"

„Ja?" Veronika schaute ihn mit zusammengekniffenen Augen an.

„Diese Männer waren auf der Suche nach Sex. Sie suchten sexuelle Abenteuer. Wenn das stimmt, was ich denke, dann passen die Fragen, die sie an mich stellten. Überleg doch mal: `Hast du Lust?´ und `Willst du mit zu mir nach Hause kommen?´. Das waren eindeutig Einladungen."

„Aber das bedeutet ja dann…"

„Dass all die Männer, die dort anwesend waren, schwule Männer waren. Schwule Männer auf der Suche nach sexuellen Erlebnissen. So muss es sein."

Stolz betrachtete Martin Veronika. In ihr arbeitete es. Es war schwierig zu glauben, dass Martin Recht hatte. Gab es solche Orte, wo sich Männer trafen? Davon hatte sie nie etwas gehört. Der Gedanke war ihr ganz fremd. Aber es musste so sein, wie Martin sagte. Dann dachte sie an das Notizbuch. Es mussten auch dort alle Männer, die aufgelistet waren, schwule Männer gewesen sein.

Den gleichen Gedanken hatte auch Martin. Er kam sofort auf das Notizbuch zu sprechen. „In dem Buch stehen nur Männer aufgelistet. Noch ein Punkt, warum es so sein muss. Männer, die schwul sind. Ich nehme an, dass das so eine Art `Rosa Liste´ ist. Männer, die Otto Dujardin im Visier hatte. Vielleicht sind das alles Männer in öffentlichen Positionen? Männer die öffentlich nicht schwul sein dürfen? Und Otto Dujardin lauerte ihnen an diesen Orten auf und erpresste sie damit, es auffliegen zu lassen."

„Aber glaubst du, dass in der heutigen Zeit Homosexualität eine derart wichtige Rolle spielt? Ist es nicht egal, ob einer schwul ist oder nicht?"

„Aber nein! Homophobie ist total aktuell. Ich glaube, dass Toleranz gegenüber Schwulen gerade in konservativen Gegenden und auf dem Land nicht überall gelebt wird. Und dann kommt es natürlich darauf an, in welcher Position die Männer leben. Stell dir vor, ein Dorfschullehrer, ein konservativer Politiker oder ein angesehener Pfarrer wird geoutet und mit solchen Lokalitäten in Verbindung gebracht. Ich glaube, dass deren Existenz erst einmal ins Wanken geraten würde und sie sich mindestens versetzen lassen oder zurücktreten müssten."

Veronika nickte bestätigend. „Ja, das ist wohl eine traurige Tatsache."

Sie fand den Gedanken daran, was Otto Dujardin getan haben könnte, ganz hinterhältig. Was für ein Mensch musste er gewesen sein. Welchen dunklen Charakter hatte er. So gesehen wurde die Wahrscheinlichkeit, dass Otto aus dem Fenster gestoßen wurde, immer realistischer.

Martin lehnte sich zurück. Er war einen Schritt weitergekommen. Zufrieden gab er Veronika einen Kuss und schlief erschöpft ein.

Martin saß bereits im Café am Kübelmarkt. Er sah sich um und entdeckte viele nette und einfallsreiche Details in der orange- und cremefarbenen Einrichtung. Thematisch geordnet waren beispielsweise an den Wänden Aphorismen aufgedruckt. Lebensweisheiten, die das Thema Glück und Wohlgefühl behandelten. Dazu passend fand man diese Sprüche auch auf den zweifarbig gestalteten Servietten. In der Ecke, direkt neben einem offenen Kamin, befand sich ein Bücherregal mit passender Literatur, die man sich nehmen konnte, wenn man hier verweilte. Die Sofas und Stühle waren bequem und ergonomisch geformt. Alles in Allem hatte man ein wohliges Gefühl, wenn man hier saß. Frau Futzel hatte mit ihrem Team ganze Arbeit geleistet. Das Konzept stimmte und das Café würde nicht zuletzt durch das Ambiente ein großer Erfolg werden, mutmaßte Martin.

Nun saß er da und wartete auf Frau Futzel. Um 16 Uhr waren sie verabredet. Aufgeregt legte er sich bereits im Kopf passende Sätze zusammen, die er ihr sagen wollte, wenn sie ihm gegenüber saß. Er musste sie davon überzeugen, dass es wichtig war, ihm weitere Details zu erzählen. Details aus dem Leben von Otto Dujardin. Außerdem wollte er mit ihr in die Justizvollzugsanstalt gehen und Ottos Arbeitsumfeld betrachten. Es hing alles von Frau Futzels Offenheit und Bereitschaft ab. Und, ob sie ihm vertrauen wollte. Er rührte seinen Latte Macchiato um, als sich die Türe öffnete. Frau Futzel sah sich kurz um, nickte erfreut, atmete tief ein und kam dann zu Martin an den Tisch. Er begrüßte sie höflich. Sie zog ihren aus Schurwolle gefertigten Poncho aus und setzte sich. Gleich darauf kam eine Bedienung, die Frau Futzel vertraut begrüßte und in ein kurzes, oberflächliches Gespräch verwickelte. Nachdem sie die Bestellung aufgenommen hatte und verschwunden war, kam Martin ohne lange Umschweife zur Sache. Otto Dujardin war aus dem Fenster gefallen und nach seinem Dafürhalten könnte es kein Unfall gewesen sein. Er habe den dringenden Verdacht, dass es Menschen geben könnte, die sich den Tod Otto Dujardins gewünscht hätten. Frau Futzel sah Martin erstaunt an. Wie war Martin auf diese Idee gekommen? Er kannte ihren Bruder doch nicht? Außerdem beteuerte sie, dass die Polizei den Unfall untersucht habe und nichts dergleichen herausgefunden hatte. Sie fühlte sich unwohl und betrachtete Martin. Er war ihr vollkommen fremd. Zwei Mal hatte sie ihn gesehen und nun mischte er sich in ihr Privatleben ein. Lag es daran, dass sie beim letzten Treffen zu viel erzählt hatte? Hatte sie seine Phantasie angeregt? Martin spürte ihre innerliche Abwehr. Er versuchte, den Zweifeln, die sie offenbar hegte, mit Fakten entgegenzutreten. Er griff in seine

Tasche und holte das Foto mit Walter Buchenhain heraus. Er forderte sie auf, es genau zu betrachten. Nachdem sie das Foto wieder zurück auf den Tisch gelegt hatte, fragte er: „Haben Sie genau gesehen, was auf dem Foto passiert? Bitte beschreiben Sie es mir."

Frau Futzel nahm das Bild wieder in die Hand und fing langsam an: „Nun, da sind zwei Männer, die etwas tauschen. Beide vergewissern sich, dass sie dabei nicht beobachtet werden."

„Sehr richtig, das habe auch ich darauf entdeckt. Und ich nehme an, dass es Drogen sind, die den Besitzer wechseln. Sehen Sie, das weiße Päckchen. Es könnte sich um Kokain handeln."

Frau Futzel hob ihren Kopf. Sie bestätigte Martins Annahme mit einem zustimmenden Laut.

„Die Männer auf dem Bild sind wahrscheinlich Gefängnisinsassen aus der Justizvollzugsanstalt in Bruchsal. Deswegen tragen sie Einheitskleidung."

Frau Futzel blickte ihm in die Augen. Sie schien plötzlich wacher zu sein. Otto war in dem Gefängnis tätig gewesen, diese Verbindung fiel ihr sofort auf. „Woher haben sie dieses Bild?", fragte sie schnell.

„Dieses Bild war ebenso im Sekretär versteckt. Zusammen mit dem Geld, das ich ihnen bei unserem letzten Treffen gegeben habe."

Sie schluckte. Es war im Besitz von Otto gewesen. In ihrem Kopf arbeitete es. Fieberhaft dachte sie über das, was dies zu bedeuten hatte, nach.

„Diese Information hatte die Polizei bei ihren Untersuchungen nicht", sagte Martin. „Aber wir haben sie. Es wäre möglich, dass Otto Dujardin dieses Foto geknipst und einen der Insassen erpresst haben könnte. Bei dem Geld im Sekretär lag ein Zettel, auf dem fünf Monatsnamen geschrieben waren: Dezember 2016 bis April 2017. Es könnten die fünf Raten sein, die bereits bezahlt wurden." Dann drehte er das Bild um und zeigte ihr den darauf geschriebenen Namen. Er las: „Walter Buchenhain. Dieser Mann könnte der Erpresste sein. Vielleicht wollte er nicht mehr bezahlen? Er könnte ihren Bruder aus dem Fenster gestoßen haben. Stellen Sie sich vor, er wäre kürzlich aus dem Gefängnis entlassen worden. Dann hätte er die Möglichkeit gehabt."

Wieder schaute Frau Futzel Martin angespannt an.

„Ich sage nicht, dass es so ist, aber es könnte sein."

Nach einer Pause fragte sie: „Und was wollen sie jetzt tun?"

„Ich brauche Ihre Hilfe. Ich möchte gerne herausfinden, wie und warum Ihr Bruder tatsächlich gestorben ist. Wie ich ihnen erzählt habe, ist meine Theorie, dass er ermordet wurde. Auch Sie haben mir bei unserem letzten Treffen erzählt, dass Otto Dujardin kein Mann war, der zufällig aus einem Fenster fällt. Ich kannte ihn nicht, aber er schien mir doch eine starke Persönlichkeit zu sein, der weder unsicher noch tollpatschig war. Was ich jetzt tun möchte, fragen Sie? Ich möchte gerne mit Ihrer Hilfe alles Wichtige über Ihren Bruder herausfinden. Erzählen Sie mir aus seinem Leben. Erzählen Sie von seinem Beruf. Auch sein Arbeitsumfeld gehört dazu. Mit Ihnen als Schwester könnte ich zu seiner Arbeitsstelle fahren. Vielleicht finden wir dort einen Hinweis auf diesen Walter Buchenhain oder Beweise auf dort heimlich durchgeführte Drogengeschäfte. Mir ist auch wichtig, was seine Kollegen über ihn gedacht haben. Wieso war keiner von ihnen bei seiner Beerdigung? Das sind Fragen, auf die wir Antworten suchen können."

Frau Futzel war unsicher. Alles, was Martin ihr erzählte, schien schlüssig zu sein. Und als seine Schwester war es vielleicht ihre Pflicht, alles Erdenkliche zu tun, um heraus zu finden, wie ihr Bruder tatsächlich gestorben war. Sollte sie nun diesem Herrn Fennberg vertrauen? Einem Fremden Einblicke in ihre Familie gewähren? Oder sollte sie sich lieber an die Polizei wenden? Nach einigen Augenblicken des Nachdenkens, die Martin wie eine Ewigkeit vorkamen, gab sie ihm schließlich die Hand und sagte: „Ich werde Ihnen helfen. Ich weiß nicht, wohin das führen wird, aber ich werde ihnen alles ermöglichen, was sie dazu brauchen, um die Umstände zu klären. Vielleicht können Sie das herausfinden, was die Polizei nicht konnte. Sie jedenfalls scheinen sehr überzeugt zu sein." Dann fügte sie noch einen kurzen Nachsatz hinzu: „Ich vertraue Ihnen."

Martin war zufrieden. „Ich werde mein Möglichstes tun. Ich danke Ihnen für Ihr Vertrauen. Und nun erzählen Sie mir bitte von Otto Dujardin. Hatte er viele Freunde und Bekannte oder anders gesagt ein festes soziales Netzwerk?"

Frau Futzel schüttelte den Kopf: „Ich hatte es ihnen das letzte Mal ja bereits angedeutet. Otto war ein Einzelgänger, ein Egoist. Ich glaube nicht, dass er in der Lage war, empathisch zu fühlen oder Verbindlichkeiten einzugehen. Otto hatte zwar einige Bekannte, die zu seinen Geburtstagen kamen und Leute, mit denen er in Urlaub flog, aber an einen engen, festen Freund kann ich mich nicht erinnern. Alles was zu eng war, stieß er wieder ab. Es waren immer Leute da, aber die Gesichter wechselten, niemand blieb. Sie waren nette Freizeitbeschäftigungen für ihn, aber im Grunde austauschbar. Das war schon so, als er ein kleiner Junge war. Er hatte sich früher oder später mit allen zerstritten."

„Und wie erklären sie sich das?"

„Ich glaube, er manipulierte gerne. Er war der Bestimmer. Er entschied, wie und wann etwas zu laufen hatte. Diesen Charakterzug fand man natürlich erst heraus, wenn man näher mit ihm zu tun hatte. Anfänglich war er immer sehr charmant. Und er war auch sehr gut aussehend. Ich erinnere mich noch, als meine Mutter damals schon gesagt hatte, dass er einen verlogenen Charakter hatte und nur gut zu einem ist, wenn er etwas von ihm erwarten konnte. Er hat nicht gewusst, dass sie so von ihm dachte. Er vergötterte unsere Mutter. Leider starb sie zu früh an Krebs." Plötzlich hielt sie inne. Unsicher sagte sie: „Ich hoffe, es erschreckt Sie nicht, wie ich von meinem Bruder spreche? Wir hatten nie ein gutes Verhältnis. Und seit Jahren schon keinen Kontakt mehr. Irgendwann habe ich dann aufgehört, mir über ihn Gedanken zu machen und akzeptiert, wie unser Verhältnis war."

„Vielen Dank für ihre Offenheit, Frau Futzel. Ich denke, dass seine Persönlichkeit, sein Charakter, ein entscheidender Punkt sein wird. Wenn wir den Mörder oder die Mörderin verstehen wollen, dann müssen wir zuerst ihn verstehen. Er war verheiratet?"

„Ja, mit einer jungen Frau aus Kongo-Kinshasa. Er hat sie dort im Urlaub kennen gelernt und sich verliebt, so wie er mir später erzählte. Sie ist eine nette, schüchterne und sehr fleißige Frau. Damals, als ich sie getroffen hatte, arbeitete sie in einer Teppichmusterkatalogfabrik in Bruchsal."

„Wissen Sie, warum sie nicht zu der Beerdigung kam?"

„Sie waren ja schon mindestens zwei Jahre getrennt. Ich weiß nicht, was vorgefallen war und ich weiß ebenso nicht, warum sie nicht kommen wollte. Als mein Bruder starb, bekam ich einen Anruf von der Polizeibehörde, dass ich als enge Verwandte die offiziellen und formellen Dinge organisieren müsse. Die Ehefrau sei nicht im Stand dazu, sagten sie. So blieb mir nichts anderes übrig, mich um seinen Nachlass und die Trauerfeier zu kümmern. Wenn jemand stirbt, dann hat man alle Hände voll zu tun."

„Ich verstehe. Hatten Sie denn nicht bei der Ehefrau nachgefragt und sie um Unterstützung gebeten? Ich meine, das ist doch ziemlich ungewöhnlich."

„Ich habe sie kurz am Telefon gesprochen. Ich musste aber schnell feststellen, dass sie sich mit den deutschen Behörden und dem deutschen Recht nicht ausreichend auskennt."

„Sind die beiden denn geschieden?"

„Das kann ich ihnen leider nicht sagen. Das Gespräch war nicht sehr vertraut. Das habe ich sie nicht gefragt."

„Es wäre wichtig, wenn wir uns mit ihr treffen könnten."

„Ich werde versuchen, ein Treffen zu arrangieren."

„Wie war es bei seiner Arbeit. War er zufrieden mit dem, was er tat? Erzählte er von Kollegen oder Mitarbeitern mit denen er Streit hatte?"

„Von seiner Arbeit weiß ich leider nichts. Darüber hat er nie etwas erzählt. Aber ich glaube, er ging gerne arbeiten. Mehr kann ich nicht sagen."

„Ich bitte Sie, mit der Justizvollzugsanstalt einen Termin zu vereinbaren. Otto hat vielleicht noch private Dinge dort, die Ihnen die Beamten sicher aushändigen werden."

Frau Futzel stimmte zu. Sie wolle sich gleich am nächsten Morgen darum kümmern und für nächste Woche einen Termin vereinbaren. Martin lehnte sich zufrieden zurück. Er war froh über diese positive Entwicklung. Aufrichtig bedankte er sich für ihre ehrlichen Worte. Frau Futzel atmete tief ein und sagte, dass es wohl wichtig sei und sie es für ihren Bruder tun würde. Dann stand sie auf. Sie musste nun aufbrechen. Nach einer kurzen Verabschiedung und einem wohlwollenden Lächeln, blieb Martin alleine zurück. Er trank seine Latte Macchiato aus und bezahlte. Beim Hinausgehen dachte er: Jetzt würde der Stein ins Rollen kommen.

6

Als Martin nach Hause kam, wartete Veronika schon angezogen auf ihn. Ungeduldig fragte sie: „Wo bleibst du denn? Wir haben in einer halben Stunde unser Probeessen."

Martin hatte den Termin total vergessen. Schnell zog er sich um und keine zehn Minuten später saßen sie zusammen in seinem Corsa auf dem Weg nach Obergrombach. Die Hochzeitsfeierlichkeiten sollten im renommierten Restaurant `Im Schlossfried´ stattfinden. Das Essen dort war qualitativ sehr hochwertig und dennoch bezahlbar. Außerdem gab es einen wunderschönen Saal mit Bühne, der sich hervorragend für ihre Feierlichkeit eignete. Veronika und Martin hatten sich von ihren Gästen musikalische oder theatralische Vorführungen gewünscht, anstelle eines klassischen Hochzeitsgeschenks. Sie erhofften sich somit eine bunte Feier mit unterschiedlichen Programmpunkten.

Als sie ins Restaurant eintraten, wurden sie höflich begrüßt und zu einem Tisch in einem Nebenraum geführt. Aus einer Karte hatten sich Martin und Veronika bereits letzte Woche ein Menu ausgesucht, das sie nun probieren wollten. Als Vorspeise bekamen sie nun eine Lachs-Cremeschnitte mit kleinem marinierten Salat und frischer Kresse. Während sie die Köstlichkeit aßen, begann Martin von seinem Treffen mit Frau Futzel zu erzählen. Stolz berichtete er, dass sie bereit war, ihm zu helfen. Sie wolle mit der Ehefrau ein Treffen arrangieren. Davon versprach sich Martin viel. Auch mit der Justizvollzugsanstalt wolle sie sich in Verbindung setzen. Veronika gratulierte ihm. Sie wusste, dass Martin über eine gute Überzeugungskraft verfügte und meistens mit Charme und seinen rhetorischen Fähigkeiten ans Ziel kam.

Die Vorspeise wurde als sehr empfehlenswert beurteilt. Das war genau das Richtige für ihre Gäste. Dann wurde der Hauptgang serviert. Für Gäste, die gerne Fleisch aßen, gab es Medaillons vom Rind und Kalb auf rosa Pfefferrahmsoße mit feinen Nudeln und kleinem Gemüse. Schon der Duft alleine war unwiderstehlich. Veronika bekam ein vegetarisches Gericht. Auf ihrem Teller fand sie ein Dinkel-Käse-Laibchen auf Mischblattsalat in Balsamico-Walnussöl-Marinade und Pinienkernen. Auch hier befanden sie die Kreationen des Restaurants als sehr wohlschmeckend und passend.

Zwischen Hauptgang und Dessert hatten Martin und Veronika eine kleine Verschnaufpause. „Was willst du jetzt weiter unternehmen?", fragte Veronika.

„Ich weiß es noch nicht. Es bleibt nicht viel zu tun, als abzuwarten, bis ich mit der Ehefrau und mit den Vollzugsbeamten sprechen kann. Ich denke, dass diese Treffen uns weiterbringen werden. Vielleicht bekomme ich auch eine weitere Information über Walter Buchenhain heraus. Was hatte er verbrochen oder wie lange musste er einsitzen und dergleichen. Mal sehen."

Veronika bestätigte seine Gedanken. Dann dachte sie über das Notizbuch nach, dass Otto Dujardin über all die schwulen Männern geführt hatte. So schlecht wie Frau Futzel von ihrem Bruder gesprochen hatte, war es durchaus möglich, dass er diese Männer allesamt erpresste. „Wie willst du mit dem Notizbuch und den vielen Einträgen weiterverfahren?"

„Auch das weiß ich ehrlich gesagt noch nicht. Es stehen keine Nachnamen darin. Nur die Vornamen mit Orts- und Zeitangaben. Vielleicht fahre ich nochmals zu einem dieser Orte hin und spreche einen Mann an. Vielleicht kannte einer der Männer Otto Dujardin persönlich und weiß etwas über ihn zu berichten. Ich werde Frau Futzel bei Gelegenheit um ein Bild von ihm bitten. Vielleicht erkennt ihn ja jemand darauf."

Veronika fand das eine gute Idee. Er musste in alle Richtungen weiterdenken und Nachforschungen anstellen.

Die Tür öffnete sich und eine Serviererin brachte die Nachspeise. Es gab Haselnuss- und Erdbeerparfait auf einem Schokoladenspiegel mit Kiwischeiben. Das Dessert mundete ihnen, so wie überhaupt das ganze Menu. Zufrieden und satt lehnten sie sich zurück. Sie genehmigten sich noch einen Kräuterlikör. Mit der Chefin des Restaurants besprachen sie noch die passende Getränkeauswahl, sowie einige zeitliche und organisatorische Details und die Auswahl des Tischschmucks. Dann verließen sie das Restaurant und waren sich einig, dass nun alles für ihre Feier angerichtet war.

Samstags war bei Martin und Veronika der Haushaltstag. Nach dem Frühstück gingen sie meist zusammen auf den Markt und in den Supermarkt einkaufen. Anschließend wurde die Wohnung gemeinsam geputzt. Ritualisiert und routiniert bearbeiteten beide das Programm. Anschließend tranken sie gemeinsam eine Tasse Kaffee. Martin hatte gehofft, dass sich Frau Futzel melden würde, doch das tat sie bisher noch nicht. Er musste abwarten, was ihm schwerfiel. Veronika legte sich mit einem Buch auf die

Couch und machte Pause. Martin setzte sich an den Esszimmertisch und studierte das Notizbuch von Otto Dujardin. Unzählige Männernamen, dachte Martin. Er zählte sie und kam auf 43, verteilt auf drei Jahre. Einige Männer waren mit einem Kreuz versehen. Martin überlegte, was dies zu bedeuten hatte. Vielleicht waren die Männer ohne Kreuz uninteressant gewesen und die mit einem Kreuz hatten eine Stellung, in der es sich nicht schickte, schwul zu sein. Diese konnte er unter Druck setzen und Geld erpressen. So musste es sein. Eine andere Lösung gab es zum jetzigen Zeitpunkt nicht. Dann sah er, dass ein Name rot eingekreist war. „Leonard", flüsterte Martin. Dieser war offenbar der Jackpot und die Haupteinnahmequelle. In dieser Seite lag ein kleiner Zettel eingeklemmt. Es war ein Einkaufszettel, auf dessen Rückseite eine Adresse aufgeschrieben war. „Carl-Waldemar-Weg 7", las Martin. Eine Stadt war nicht angegeben. Martin nahm seinen Laptop und googelte die Straße. Es gab einen Treffer, ganz in ihrer Nähe. Die Straße war in Heidelsheim, in einem Stadtteil von Bruchsal gelegen. Vieleicht gehörte die Adresse zu einem Mann aus dem Notizbuch? Martin beschloss, dass er es umgehend herausfinden sollte. Er berichtete Veronika von seinem Vorhaben. Keine zehn Minuten später saß er in seinem Auto. Er fuhr wieder vorbei am Schlachthof in Richtung Heidelsheim und vorbei an Otto Dujardins Wohnung.

Das NAVI leitete ihn in ein Neubaugebiet. Der Ortskern lag hinter ihm. Er bog langsam in die Zielstraße ein und entschied sich, den Wagen schon hier zu parken. Er stieg aus und orientierte sich an den Hausnummern. Er sah, dass sich die geraden Hausnummern aufsteigend auf der rechten Seite befanden. Es musste also links von ihm sein. Langsam ging er weiter, bis er vor der Hausnummer sieben stand. Es war ein freistehendes kleines Haus mit einem gepflegten Garten. Der Garten war mit einem gusseisernen Zaun umgeben und mit einem Gartentürchen versehen, durch das man zum Haus gelangte. Er las dort den Namen auf dem Klingelschild: „Reupelsberger". Der Name sagte ihm nichts. Er kannte keinen Politiker, keine öffentliche Person mit diesem Namen. Etwa fünf Minuten stand er da, ohne zu wissen, was er nun machen sollte. Dann entschloss er sich zu klingeln. Der Summer an der Pforte ertönte und Martin schritt in den Garten. Die Tür öffnete sich und ein großgewachsener, gutaussehender Mann kam ihm entgegen. „Bitte sehr, was kann ich für sie tun?", fragte der Mann höflich.

Martin sagte unwillkürlich: „Ich suche einen Leonard Reupelsberger." Er hoffte, dass seine Schlussfolgerung Erfolg hatte.

„Der bin ich. Kennen wir uns?"

„Nein, aber wir haben einen gemeinsamen Bekannten."

Leonard Reupelsberger blickte ihn erwartungsvoll an.

„Otto Dujardin war ein Bekannter von mir."

Das Gesicht von Herrn Reupelsberger veränderte sich. Die Gesichtszüge entglitten ihm.

„Wie sie vielleicht schon wissen, ist Herr Otto Dujardin bei einem tragischen Unfall ums Leben gekommen. Ich wollte nun fragen ..." Martin stockte, als er die Reaktion seines Gegenübers sah, denn Herr Reupelsberger fror einen Moment ein. Dann begann er leicht zu zittern. Er kämpfte mit den Tränen und sagte heftig: „Bitte gehen Sie! Verlassen sie sofort mein Grundstück! Ich möchte Sie nicht mehr wiedersehen!"

Martin wich sofort zurück. Er griff in seine Tasche und legte eine Visitenkarte auf das Abschlussmäuerchen. Dann sagte er ruhig „Bitte rufen Sie mich an, wenn Sie es sich anders überlegen. Sie können mich jederzeit unter der Handynummer erreichen."

Der Mann starrte Martin an. Dann verschwand er umgehend im Haus. Martin schloss das Gartentürchen und lief zu seinem Auto. Was hatte diese Reaktion zu bedeuten? Offenbar hatte Herr Reupelsberger große Angst vor Otto Dujardin. Aber er war auch erfasst von der Nachricht seines Todes, er weinte. Das passte nicht zu dem, was Martin bisher erfahren hatte. Zweifelnd fuhr er davon.

Das Telefon klingelte. Martin lief in den Flur und hob ab. Es war Frau Futzel, die Martin mitteilen wollte, dass sie am kommenden Montagabend um 17 Uhr einen Termin mit einem Vollzugsbeamten vereinbart hatte. Martin bestätigte sofort den Termin und bedankte sich für die schnelle Absprache. Die Ehefrau von Otto Dujardin hatte sie bisher noch nicht erreicht. Aber sie wolle es morgen noch einmal versuchen. Zufrieden legte er auf.

Martin stand um zehn vor fünf vor dem Haupteingang der Justizvollzugsanstalt. Er hielt Ausschau nach Frau Futzel, die jeden Moment kommen musste. Dann entdeckte er, wie sie etwas ungeschickt ihr großes Auto in eine kleine Parklücke manövrieren wollte. Schnell lief er zu ihr und winkte sie ein. Als sie mit dem Auto zu stehen kam, öffnete ihr Martin die Türe. Sie bedankte sich und betonte, dass sie das bestimmt auch alleine geschafft hätte. Nur war sie vor dem Termin doch etwas aufgeregt und angespannt. Als sie dann beide um 17 Uhr vor dem Tor warteten, öffnete sich eine Tür und ein Beamter in Uniform trat an sie heran. Nach einem kurzen Bekanntmachen führte er sie ins Innere des Gefängnisses. An der Torwache mussten sie sich zuerst ausweisen. Nachdem die Formalitäten erledigt waren, ging der Beamte voran in ein Verwaltungsgebäude. Im zweiten Stock befand sich das Büro der Vollzugsdienstleitung, in das die drei eintraten. Der Beamte wies Martin und Frau Futzel einen Platz zu und verschwand. Wenige Augenblicke später kam ein anderer Vollzugsbeamte mit einer Kiste in der Hand herein. Er stellte sich als Herr Meusel vor. Herr Meusel war für Personalfragen zuständig und erstellte mit seinen Kollegen die Dienstpläne. Otto Dujardin unterstand seiner Führung.

Nachdem Herr Meusel sein Beileid bekundet hatte, stellte er die Kiste auf den Tisch und legte einige Kleidungsstücke, ein Paar Schuhe, einen Kulturbeutel, verschiedene Zeitungen, Schreibutensilien und ein Dutzend Zigarettenschachteln auf den Tisch. Dies waren die persönlichen Dinge, die Otto Dujardin zurückgelassen hatte. Martin war etwas enttäuscht. Es gab keine persönlichen Notizen oder intimen Unterlagen, die für ihn interessant gewesen wären.

Herr Meusel bedauerte höflich, aber trocken: „Es war ein Schock für uns alle, als wir von seinem Unfall gehört hatten. Das wollte niemand hier, dass ihm so etwas Schreckliches wiederfährt."

Martin fand die Formulierung seltsam. Was sollte das bedeuten? Er fragte nach: „War denn das Verhältnis zwischen Herrn Dujardin und seinen Kollegen nicht gut?"

„Naja, wie soll ich das sagen. Herr Dujardin war nicht eben … beliebt. Und wir haben ihn ja mindestens ein halbes Jahr nicht mehr gesehen."

Martin schaute zu Frau Futzel. Sie wiederholte: „Ein halbes Jahr lang war er nicht mehr bei seiner Arbeit?"

Herr Meusel schüttelte den Kopf. „Er war krankgeschrieben."

„Wissen Sie, um welche Krankheit es sich handelte?", fragte sie.

„Er litt unter Depressionen. Zumindest war es das, was unter uns Kollegen erzählt wurde. Wir haben schon seit einiger Zeit einen massiven personellen Engpass. Sie können sich vorstellen, dass wir nicht gerade erfreut waren, als er von heute auf morgen ausfiel. Wir mussten alle doppelt Schichten übernehmen."

Martin war sehr überrascht. Nach allem was er über Otto Dujardin gehört hatte, passte diese Information gar nicht ins Bild. Auch Frau Futzel sagte, dass sie davon keine Ahnung gehabt hatte. Sie wusste nicht, dass es ihm so schlecht ging.

„Wir hatten auch keine Ahnung", meinte Herr Meusel. „Es machte den Eindruck, als ginge es ihm gut, soweit wir das beurteilen konnten. Und eines Tages kam er nicht mehr zur Arbeit."

„Gab es Streit zwischen Herrn Dujardin und seinen Kollegen? Ich meine, bevor er ausfiel?", wollte Martin wissen. Vielleicht war der emotionale Druck für Otto Dujardin zu groß geworden und er hielt es nicht mehr aus.

Herr Meusel räusperte sich. Während er weitersprach, schaute er beschämt an Frau Futzel und Martin vorbei an die hintere Wand des Büros: „Wie soll ich das beschreiben. Darf ich ganz offen mit Ihnen sprechen?"

Frau Futzel nickte bekräftigend: „Ich bitte Sie darum."

„Also gut. Otto war kein Mensch, mit dem man gerne Näheres zu tun hatte. Er war scharf wie ein Rasiermesser. Wenn man ihn auf dem falschen Fuß erwischte, dann ging er hoch wie eine Rakete. Er argumentierte knallhart. Man kam nicht zu Wort, wenn er in Rage kam. Und er teilte gerne aus."

„Passierte das oft?", fragte Martin.

„Hin und wieder", nickte Herr Meusel.

„Hat er viel von seinem Privatleben erzählt? Von seinen Hobbys beispielsweise?"

„Nein, über sein Privatleben wussten wir nichts. Das hat er immer ausgeschwiegen. Vielleicht war das auch ein Grund, warum er nicht warm wurde mit seinen Kollegen. Bitte nehmen Sie mir das nicht krumm, Frau

Futzel, aber ich bin im Grunde froh, dass er nicht mehr da ist. Jetzt gibt es einen Störfaktor weniger. Wir haben genug Probleme."

Eine peinliche Pause entstand. Frau Futzel blickte aus dem Fenster und atmete tief ein. Es war keine Überraschung für sie, dass der Vorgesetzte so von ihrem Bruder sprach. Es bestätigte und vervollständigte nur das Bild von ihrem Bruder. Sie stand auf. Herr Meusel legte die persönlichen Dinge zurück in die Kiste und reichte sie ihr. Nachdem sie sich für seine Aufmerksamkeit bedankt hatte, wollte sie gerade das Zimmer verlassen, als Martin fragte: „Sagen Sie, Herr Meusel, welches Verhältnis hatte Herr Dujardin zu den Insassen?"

Herr Meusel blickte nach oben, als ob er sich zu erinnern versuchte: „Puh, mit den Häftlingen verhielt es sich ähnlich. Es bereitete Otto eine Freude, die ihm unterstellten Häftlinge herum zu kommandieren. Er achtete penibel auf das Verhalten. Sowie sich einer etwas zu Schulden kommen ließ, bestrafte er diesen entweder mit Arbeitseinsätzen oder mit Zellenarrest."

„Ich verstehe, vielen Dank. Gab es einen Zusammenstoß mit einem gewissen Walter Buchenhain?"

Herr Meusel blickte Martin seltsam an. In seinen Augen funkelte es für einen kurzen Moment. „Ich bitte Sie um

Entschuldigung. Aber ich habe Ihnen bereits viel zu ehrlich und offen Rede und Antwort gestanden. Es steht mir nicht zu, mit Ihnen über Häftlinge zu sprechen. Es tut mir leid."

Martin lächelte höflich und bedankte sich nochmals für seine Aufmerksamkeit und die Zeit, die Herr Meusel für sie opferte. Der Vollzugsbeamte hatte ihm etwas vorenthalten, was Walter Buchenhain betraf, da war sich Martin ganz sicher. Einen Moment lang war er unsicher gewesen, was ihm nicht verborgen blieb. Vielleicht hatte er sich an einen Vorfall erinnert, den er aber Martin nicht anvertrauen wollte.

Als er und Frau Futzel wieder draußen standen, sagte Martin: „Nun wissen wir, warum niemand von der Justizvollzugsanstalt bei der Beerdigung war. Sie wussten es schlichtweg nicht oder hatten zu spät von seinem Tod erfahren."

Frau Futzel nickte bestätigend.

„Ihr Bruder war nicht gerade beliebt."

„Es ist so, wie ich Ihnen bereits erzählt habe. Er war ein faules Ei. Wieso sollte es hier anders gewesen sein." Sie stieg in ihr Auto ein, lenkte ihren Wagen gekonnt aus der Parklücke und fuhr davon. Martin schaute ihr nach. Er war etwas enttäuscht von dem Treffen mit dem

Beamten. Er hatte nichts Greifbares über Walter Buchenhain herausgefunden.

7

Martin stand zusammen mit Frau Futzel vor einem Mehrfamilienhaus in der Südstadt von Bruchsal. Sie klingelten bei Dujardin. Er war etwas aufgeregt vor dem Treffen. Er wusste, dass Frau Futzel jahrelang nicht mehr mit Frau Dujardin gesprochen hatte. Endete die Ehe mit Otto Dujardin im Streit? Gab es Unstimmigkeiten zwischen ihnen? Er wusste nicht, wie sie auf ihren Besuch reagieren würde. Als sie im dritten Obergeschoss ankamen, stand dort eine junge, attraktive, farbige Frau, die sie scheu mit ihren großen runden Augen anschaute. „S´il vous plaît, kommen Sie herein", bat die Frau. Sie führte sie ins Wohnzimmer, das ärmlich und karg eingerichtet war. Martin und Frau Futzel nahmen auf einem alten Sofa Platz. Ein Tee war angerichtet und Frau Dujardin bot beiden eine Tasse davon an. Als sich die drei gegenübersaßen und vom köstlichen Roibuschtee probiert hatten, eröffnete Frau Futzel: „Oumou, es ist Jahre her, seit wir uns das letzte Mal gesehen haben. Ich weiß gar nicht, warum wir uns nicht schon früher getroffen haben."

Frau Dujardin antwortete in einem starken französischen Akzent: „Je ne sais pas. Otto, Otto wollte es nicht, n´est-ce pas?"

„Das ist sehr traurig. Das wird wohl so gewesen sein. Unser Verhältnis war nie das beste. Aber ich habe mich auch nicht um den Kontakt zu dir bemüht, es tut mir leid." Sie ergriff kurz die Hand von Frau Dujardin und hielt sie für einen Augenblick.

„Wie ist es dir ergangen in all den Jahren?", wollte Frau Futzel wissen.

„Es ist gut, merci."

„Arbeitest du noch in der Fabrik für Teppichmusterkataloge, wie damals?"

„Mais oui, das ist eine gute Stellung."

„Schön", Frau Futzel lächelte sie an. Dann schaute sie zu Martin, der still neben ihr saß.

Frau Dujardin flüsterte mit gesenktem Blick: „Es tut mir leid für dich, dass Otto nicht mehr ist."

„Danke dir." Frau Futzel nickte leicht. „Ich habe den Schmerz überwunden."

„Sagen Sie bitte, Frau Dujardin", nun richtete Martin das Wort an sie, „Auch Ihnen wünsche ich mein Beileid. Es muss Sie schwer getroffen haben, zu hören, dass Otto gestorben ist."

Sie sah Martin für einen kurzen Moment verwundert an. Dann antwortete sie ruhig: „Mais non. C´est sans intérêt." Martin verstand nicht, denn sein Französisch war nicht sehr gut. Sie wiederholte: „Ich trauere nicht um ihn. Es ist mir egal."

Martin war erstaunt. Er hatte eine andere Reaktion erwartet. „Warum haben Sie es Frau Futzel überlassen, die Beerdigung auszurichten?"

Frau Dujardin blickte erschrocken zu Frau Futzel: „Ich kenne mich mit den Rechten in diesem Land doch nicht aus", sagte sie entschuldigend. „Ich konnte es nicht tun. Ich wusste nicht, wie, vous ne comprenez pas?"

Martin nickte. Dann fragte er sanft: „Sie waren auch nicht bei seiner Beerdigung?"

Wieder blickte sie zu Frau Futzel. Dann schaute sie ihm direkt in die Augen und antwortete: „Vor Jahren haben wir uns getrennt. Er war sehr böse zu mir. Es war mir nicht möglich zu ihm zu gehen und am Grab zu trauern. Ich konnte ihm nicht verzeihen. Ich trauerte Jahre davor."

„Sagen Sie, warum haben Sie Otto damals geheiratet?"

Frau Dujardin lächelte leicht: „Oh, er war sehr attraktiv und sehr nett zu mir. Als er en vacances war bei mir zu Hause in Kinshasa. Ich verliebte mich sofort. Auch er war verliebt. Ich hatte mein Glück gefunden. Ich war sehr glücklich. Es war der Himmel für mich auf Erden. Er sagte zu mir, er nimmt mich mit nach Deutschland und ich kann bei ihm leben. Das tat er auch, vraiment. Wir waren sehr glücklich eine Zeit lang, sehr. Ich fühlte mich geliebt und geachtet. Nicht so wie in meiner Heimat, wo ich nichts wert war und ich nichts besaß. Aber dann veränderte es sich. Es wurde schlimm. Otto war hart und ungerecht. Ich machte plötzlich alles falsch. Ich wurde sehr müde. Quelle domage, alles war auf einmal kaputt. Er sagte, es könne so nicht weitergehen. Er besorgte mir eine Wohnung und ich musste ausziehen. Ich war sehr traurig. J´ai été très triste."

„Haben Sie sich scheiden lassen?"

„Pardon? Ah, non, noch nicht. Otto wollte alles arrangieren, ich weiß nicht, warum er es noch nicht getan hatte. Es kam nicht mehr dazu."

„Sind sie sicher, dass Otto sie geliebt hatte? Zu Beginn ihrer Ehe?"

„Je ne sais pas. Ich weiß es nicht. Ich glaube ja. Otto war sehr charmant zu mir. Ich verdanke ihm viel. Ich verdanke ihm, dass ich hier sein darf. Jetzt ist es egal, n´est-ce pas?"

Martin dachte nach. Etwas schien ihm nicht zu gefallen. Otto war ihr mit den Jahren gleichgültig geworden. Sie empfand nichts mehr für ihn. Nun hatte sie ihr eigenes Leben wieder, ihre Freiheit. Er hatte irgendwie auch den Eindruck gewonnen, dass es Frau Dujardin erleichterte, dass Otto gestorben war. Trotz der nicht mehr vorhandenen Gefühle, war es trotzdem seltsam, dass sie nicht zu seiner Beerdigung erschienen war. Immerhin waren sie noch verheiratet. Es musste noch etwas Anderes vorgefallen sein, etwas, was sie noch mehr verletzte. Und dieses Etwas musste der Grund dafür sein, dass sie es ablehnte, ihm die letzte Ehre zu erweisen. Frau Dujardin schwieg sich noch darüber aus.

Beim Hinausgehen überreichte Martin Frau Dujardin seine Visitenkarte. „Sie können mich jederzeit anrufen, wenn Sie etwas auf dem Herzen haben", sagte er. Er hoffte, dass sie sich ihm vielleicht zu einem späteren Zeitpunkt anvertrauen würde.

Als er zu Hause war, berichtete er Veronika vom Zusammentreffen mit Frau Dujardin. Wie seltsam war es, dass sie keinerlei Trauer empfand für ihn. Was hatte er ihr angetan, dass ihre Gefühle derart erkalteten? Veronika wusste in dem Moment auch nichts darauf zu sagen. „Er muss sie sehr verletzt haben, dass sie eine derart tiefe Abneigung für ihn hegte", befand Veronika.

Dann klingelte Martins Handy. Es erschien eine fremde Nummer auf dem Display. Neugierig nahm er das Gespräch an. Als er nach ein paar Minuten das Gespräch beendet hatte, schaute er Veronika verblüfft an. Es war Leonard Reupelsberger, der sich bei ihm gemeldet hatte. Er lud ihn zu einem Gespräch zu sich nach Hause ein. Offenbar gab es Gesprächsbedarf. Martin war gespannt, um was es sich drehen würde. Konnte ihm Leonard Reupelsberger intime Details über Otto Dujardin erzählen, die Aufschluss darüber gaben, was es mit den Namen im Notizbuch auf sich hatte? Schnell zog er sich an und machte sich auf den Weg.

Wieder stand er in Heidelsheim vor dem Haus mit der Nummer 7. Er musste nicht klingeln. Die Tür öffnete sich, bevor er den Knopf betätigen konnte und Herr Reupelsberger kam ihm schnellen Schrittes entgegen.

„Bitte, Herr Fennberg, kommen Sie", sagte er mit einer einladenden Geste. Höflich führte er ihn um das Haus herum auf die Rückseite, wo sich eine rote Sitzgarnitur mit Gartentisch befand. Auf ihm stand bereits eine Flasche Kräuterwasser mit zwei Gläsern bereit. Herr Reupelsberger bot ihm einen Platz an. Martin setzte sich und Herr Reupelsberger schenkte ihm ein.

Mit einer sonoren Stimme sprach er: „Heute ist ein schöner Tag, ich dachte, hier draußen ist es angenehmer, als drinnen im Haus."

„Vielen Dank", Martin bestätigte und trank einen Schluck Kräuterwasser.

Dann setzte sich auch Herr Reupelsberger und begann zu erzählen: „Ich muss mich bei Ihnen entschuldigen. Meine Reaktion, als Sie mich vor ein paar Tagen aufsuchten, war nicht angemessen. Es tut mir leid. Sie können nichts dafür."

Martin sagte nichts darauf. Er wartete und blickte Herrn Reupelsberger an. Dieser schien innerlich sehr angespannt zu sein. Er rieb sich die Hände und sein Mund zuckte etwas. Dann stand er auf und blickte in den Garten. Eine Pause entstand. Martin wartete geduldig, bis Herr Reupelsberger weitersprach. Dieser drehte sich um und erzählte mit Begeisterung: „Otto war ein wunderbarer Mensch. Das werden Sie als sein Bekannter wissen. Er war einer der interessantesten Menschen, die ich je getroffen habe. Er war charmant, liebenswürdig, gebildet, aufrichtig..."

Martin war über diese Attribute sehr überrascht. So hatte er bisher noch keinen über Otto Dujardin sprechen hören.

„Es hat mich sehr getroffen, von Ihnen zu hören, dass er verstorben ist. Es überkam mich und ich musste es erst einmal verarbeiten. Aber nun bin ich bereit, mit Ihnen zu sprechen."

„Ich danke Ihnen", lächelte Martin freundlich. Otto Dujardin musste eine sehr wichtige Rolle im Leben von Leonard Reupelsberger gespielt haben, dachte er bei sich.

„Sie müssen verstehen, Otto und ich standen uns eine Zeit lang sehr nahe. Wir…", er stockte, bevor er weitersprach und schaute sich um. Es fiel ihm sehr schwer auszusprechen, was ihm auf dem Herzen lag. „Wir waren ein Liebespaar. Ich liebte ihn sehr. Otto war der Mann in meinem Leben."

Martin machte große Augen. Das war es also? Otto hatte eine Liebesbeziehung zu diesem Mann? Das brachte seine ganzen bisherigen Überlegungen durcheinander! Dann war alles, was er bisher dachte, falsch gewesen. Herr Reupelsberger war schwul, das wusste er, weil der Name im Notizbuch stand. Aber dass Otto Dujardin auch schwul oder zumindest bisexuell war, das war ihm vollkommen neu. Dass beide ein Liebespaar waren, das hatte er nicht vermutet. Daher war er Name rot eingekreist, darauf hätte er auch selbst kommen können. Die Überlegung mit der Erpressung war dann wohl ein

Fehlgedanke. Es sei denn, Herr Reupelsberger war verheiratet und dadurch angreifbar.

Er fragte: „Auf Ihrem Klingelschild steht: `Familie Reupelsberger´. Sind Sie verheiratet und haben Sie Kinder."

„Ja, ich bin verheiratet. Kinder haben wir keine." Er senkte den Blick. Entschuldigend sagte er: „Sehen Sie, die Beziehung zu Otto hatte mit meiner Ehe nichts zu tun. Wie kann ich Ihnen das erklären? Stellen Sie sich zwei Skalen vor. Auf der einen Skala war meine Ehefrau und auf der anderen Skala Otto. Beide hatten nichts miteinander zu tun. Das, was mir meine Frau geben konnte, war Otto nicht im Stande zu leisten. Und umgekehrt konnte mir Otto Gefühle geben, die ich bei meiner Frau nicht bekommen konnte. Sie standen nicht in Konkurrenz zueinander. Ich brauchte beide. Ach, Otto war ein wunderbarer Mensch."

„Wusste Ihre Frau von der Beziehung?"

Schnell antwortete er: „Aber nein, wo denken Sie hin. Meine Frau hat nichts von alldem mitbekommen."

„Ich verstehe. Sagen Sie, wo haben Sie Otto kennen gelernt?"

Etwas peinlich berührt gestand er: „Auf einem Autobahnrastplatz. Dort stillte ich meine heimlichen

Gefühle. Dort konnte ich sie ausleben. Und eines Tages war da Otto. So ein intensives Erlebnis hatte ich noch nie."

„Warum haben Sie sich getrennt, wenn Sie miteinander so glücklich waren? Ich nehme an, dass Sie getrennt waren, weil Sie offenbar nichts von seinem Tod wussten."

Herr Reupelsberger Blick schweifte in die Ferne: „Wir waren ein Dreivierteljahr zusammen. Otto wollte eine feste Beziehung, obwohl er damals auch in einer Ehe gebunden war. Ich konnte und wollte ihm aber eine richtige, feste Beziehung nicht geben. Ich war nicht bereit, mich von meiner Frau zu trennen. Dann steckte ich mich bei ihm mit einer Krankheit an, darüber möchte ich aber nicht sprechen. Nur so viel, dass ich wieder vollkommen gesund bin. Ich entdeckte aber durch diese Krankheit, dass mir Otto untreu wurde. Das konnte ich nicht ertragen. Da trennte ich mich von ihm."

„Waren Sie sehr verletzt oder wie soll ich sagen: Sehr traurig, dass die Beziehung zu Ende war?"

Er lächelte liebevoll: „Ja, das war ich eine Zeit lang. Aber ich sah, dass die schöne Zeit überwog und ich hatte wirklich eine gute Zeit mit ihm. Ich bin ihm sehr dankbar für alles, was er für mich getan hat."

„Hatte Otto Ihrer Meinung nach Feinde?"

„Wie meinen Sie das?"

„Ich rede über die Umstände seines Todes. Otto starb nicht eines natürlichen Todes. Er stürzte aus einem Fenster, während er eine Zigarette rauchte."

Herr Reupelsberger schaute ihn ungläubig an.

Martin führte seinen Gedanken weiter: „Ich denke, dass der Sturz aus dem Fenster kein Unfall war, sondern dass er gestoßen wurde. Zumindest ist das meine Theorie."

Für Herrn Reupelsberger war ein Mord ganz unvorstellbar. Er könne sich nicht vorstellen, dass ihm ein anderer etwas derart Schlimmes angetan haben könnte. Martin lächelte ihn an und nickte. Es wurde still. Die Stille wurde von einer Stimme unterbrochen. Sie kam aus dem Küchenfenster über ihnen.

„Hallo Schatz, ich bin wieder zu Hause!"

Herr Reupelsberger schaute auf und strahlte. „Hallo Liebling, wann bist du denn gekommen? Ich habe dich gar nicht heimkommen gehört?"

„Gerade eben erst." Sie strahlte Martin liebenswürdig an. Frau Reupelsberger hatte ein warmes, offenes Gesicht mit großen, tiefbraunen Augen. „Willst du mich nicht vorstellen?"

Herr Reupelsberger stellte Martin kurzerhand als alten Schulfreund vor. Seit vielen Jahren hatten sie sich nicht mehr gesehen. Über das Internet hatte er seine Adresse herausgefunden und ihn besucht. Frau Reupelsberger lud Martin spontan zum Essen ein, doch dieser verneinte, weil er am Abend bereits eingeladen war.

Sie verabschiedeten sie sich lachend und verabredeten, dass sie nun in Verbindung bleiben wollten. Martin winkte nochmals, stieg in sein Auto ein und fuhr dann nachdenklich nach Hause.

Martin konnte es kaum abwarten, Veronika die Neuigkeiten über Leonard Reupelsberger und Otto Dujardin zu berichten. Diese war dabei, mit einer Freundin den Rock und Saum ihres Hochzeitskleides zu kürzen. Sie hatte das Kleid Second-Hand erworben und es passte wirklich ausgezeichnet, jedoch war es etwas zu lang. Die Freundin kniete vor ihr und steckte gerade den Rock um, als Martin hereinplatzte. Er entschuldigte sich und meinte, dass er wohl besser später wieder, hereinkommen sollte. Er ging in die Küche und holte sich ein Bier aus dem Kühlschrank. Da er etwas Hunger verspürte, machte er sich ein Omelett mit Champignons, Zwiebeln und Tomaten. Die Zeit schien gar nicht zu vergehen. Nach dem Essen blieb er stumm in der Küche sitzen. Dann hörte er die Nähmaschine. Sie waren also bereits am Umnähen. So würde es nicht mehr lange dauern. Er ging in der Küche auf und ab, als Veronika ihn ins Wohnzimmer rief. Martin trat ein und sah Veronika im fertigen Kleid. Sie sah sehr schön aus, edel und chic. Lachend drehte sie sich. „Jetzt musst du nur noch deinen Anzug anziehen. Dann sind wir ein wunderschönes und nobles Paar." Sie fiel ihm um den Hals. Dann bedankte sie sich bei Bianca, ihrer Freundin, für die getane Arbeit. Sie zog sich wieder aus und räumte auf. Liebevoll verabschiedeten sie sich voneinander.

Als Martin und Veronika wieder alleine waren, fing Martin sofort an, die Neuigkeit zu berichten. Ungläubig fragte Veronika: „Die beiden waren ein Paar?"

„Ja, sie waren ein Liebespaar."

„Und beide waren zu der Zeit verheiratet?"

„Leonard Reupelsberger ist es immer noch."

„Und was hat das zu bedeuten, Martin?"

Er ging zum Esszimmertisch und nahm das Notizbuch. Dann ließ er sich auf die Couch fallen: „Schauen wir uns nochmal das Notizbuch an. Betrachten wir es mit anderen Augen: Alle Männer, die darinstehen, sind Männer, die Otto Dujardin selbst getroffen hat."

„Dann hat er mit allen Sex gehabt?"

„Ja, so schaut es aus. Er katalogisierte somit seine sexuellen Kontakte."

„Wer tut denn so was?", fragte Veronika.

„Jemand, der die Kontrolle nicht verlieren möchte und der genau wissen will, mit wem er wann etwas getan hat. Alle Männer ohne Kreuz waren vielleicht unbedeutende Erlebnisse. Männer, die er nur einmal getroffen oder gesprochen hatte. Und die mit einem Kreuz Versehenen, waren Männer, die ihn mehr interessiert haben. Daraus hätte sich vielleicht mehr ergeben können. Doch es geschah nichts weiter. Und hier, Leonard, war der Mann, in den er sich verliebt hatte. Der Mann, der ein Dreivierteljahr blieb. Und schau, Leonard Reupelsberger erzählte mir, dass Otto untreu wurde. Hier", er zeigte Veronika eine bestimmte Seite im Notizbuch, „nach Leonard kamen noch fünf Männer, die er auch auf dem Rastplatz getroffen hat. Einer hat ihn mit einer Krankheit angesteckt. Nur so fiel es Leonard überhaupt auf, dass ihm Otto fremdging. Daraufhin löste Leonard die Verbindung."

„Also wenn du mich fragst, dann war das das einzig Richtige, was dieser Leonard tun konnte."

„Die beiden waren sehr glücklich miteinander. Nur eben mit der Treue hatte es Otto nicht."

Martin verstummte. Seine Theorie mit dem erpressten Geld im Sekretär traf zumindest in Bezug auf das Notizbuch nicht zu. Diese Männer wurden nicht erpresst, so wie er zuvor angenommen hatte. Vielleicht war Otto Dujardin überhaupt kein Erpresser. Er liebte nur und lebte sehr freizügig. Aber das war kein Verbrechen. Martin fühlte sich leicht deprimiert. Vielleicht gab es doch kein Geheimnis um die Fundsachen im Sekretär. Und das Geld waren nur Raten, die er selbst für etwas zusammensparte. Vielleicht war es doch nur ein Unfall und er interpretierte zu viel hinein. Einzig das Foto gab Martin Anlass, dass etwas nicht stimmen konnte. Das war seine einzige Spur, die er noch verfolgen konnte. Er seufzte.

Um sich in bessere Laune zu bringen, entschloss sich Martin, mit Veronika etwas trinken zu gehen. Für heute Abend wollte er nicht mehr über Otto Dujardin nachdenken.

8

Martin stand im Laden und bediente eine Frau, die einen neuen Akku für ihre Kamera bestellt hatte. Mechanisch reichte er ihr den Neuen und kassierte routiniert ab. Dann half er ihr den Akku in die Kamera zu stecken.

„Vielen Dank, wie freundlich von Ihnen, auf Wiedersehen!", hörte er die Frau sprechen. Doch in Gedanken war er schon wieder bei einem anderen Thema. Otto Dujardin ließ ihn nicht los. Sogar bei der Arbeit war er immer präsent. Er lief ins Labor, um eine Bestellung zu entwickeln. Ein Poster in DIN A1, mit einem großen Babygesicht darauf. Er lächelte kurz, als er das fertige Poster mit dem süßen Gesicht betrachtete. Er dachte an Veronika und an ihre gemeinsame Zukunft. Vielleicht würden sie auch irgendwann ein Kind haben? Das wünschte er sich sehr. Das Klingeln des Telefons riss ihn aus seinen Gedanken. Es war Veronika, die ihn daran erinnerte, nach der Arbeit noch ausreichend Getränke einzukaufen für den übermorgen stattfindenden Polterabend. Es war auch seine Aufgabe, den Caterer zu bestellen, was unbedingt noch heute gemacht werden musste. Veronika wollte sich um die Dekoration und das Ambiente kümmern. Martin versprach ihr, alles zu erledigen.

Nach dem Telefonat kam eine gutaussehende Frau, die Passbilder für ihren Personalausweis schießen lassen wollte. Professionell knipste er mit der digitalen Kamera ein Probebild, das gleich zur vollsten Zufriedenheit ausfiel. Nachdem vier Abzüge entwickelt waren, verließ sie zufrieden das Geschäft. Martin war wieder alleine. Er entschied sich, die Regale mit den unzähligen Kameras und Zubehörartikel abzuwischen und neu zu sortieren. Strukturiert räumte er Regal für Regal leer, wischte sie mit warmen Wasser ab und richtete die Dinge neu an. Währenddessen stieg in ihm ein dumpfes Gefühl empor: Das Gefühl versagt oder auf etwas nicht genügend geachtet zu haben. Hatte er etwas übersehen oder einen Ansatzpunkt vergessen? Momentan gab es keine Lösung bezüglich des Geldes, er konnte es nicht eindeutig einer Spur zuordnen. Das Notizbuch war geklärt. Blieb nur noch das Foto mit Walter Buchenhain darauf. Walter Buchenhain, saß er noch im Gefängnis oder war er bereits entlassen worden? Irgendetwas war vorgefallen zwischen Otto Dujardin und ihm. Im Blick des Vollzugsbeamten sah er ein kurzes Zögern, als auf ihn die Sprache kam. Er ging ins Büro des Geschäftes und rief auf dem hauseigenen Computer die Internetseite der Justizvollzuganstalt in Bruchsal auf. Er fand eine Telefonnummer, unter der man sich als Besucher anmelden konnte. Er wollte sich als Bekannter von Walter Buchenhain ausgeben und um einen Besuchstermin bitten. Er würde dadurch bestimmt erfahren, ob Walter noch einsaß oder bereits entlassen war. Eine dunkle Männerstimme meldete sich. Martin stellte sich vor und fragte nach einem Besuchstermin entweder am heutigen Nachmittag oder am morgigen Vormittag. Der Beamte tippte etwas in seinen Computer. Für den heutigen Nachmittag gab es spontan eine Möglichkeit. Um 15:30 Uhr sollte er sich einfinden.

Nachdem alle organisatorischen Details besprochen wurden, legte Martin dankend wieder auf. Walter Buchenhain saß also noch im Gefängnis. Damit schied er offenbar als Mörder aus.

Martin durfte ausnahmsweise früher gehen. Sein Chef übernahm den Rest der Spätschicht. Schnell fuhr er nach Hause und holte das Foto von Walter Buchenhain. Um 15:30 Uhr stand er pünktlich vor dem Besucherempfang an der Torwache. Er trat ein und musste sich zuerst ausweisen. Dann wurde er eingehend untersucht und überprüft, ob er unerlaubte Dinge einschmuggeln wollte. Anschließend sollte er sich nochmals in ein Wartezimmer setzen. Nach einer Viertelstunde durfte er in einen Besucherraum gehen. Dieser war nur mit einem Tisch und mehreren Stühlen eingerichtet. Martin setzte sich und wartete. Dann ging die Türe auf und ein Beamter führte Walter Buchenhain herein. Dieser stutzte und sagte sofort, dass er Martin nicht kenne. Er wollte umgehend wieder gehen, doch als Martin sagte, dass sie einen gemeinsamen Bekannten hätten, blieb er stehen.

„Wen denn?", fragte Walter Buchenhain schroff.

„Otto Dujardin", sagte Martin schnell.

Walter Buchenhain zögerte und deutete dem Beamten an, dass er doch hierbleiben wollte. Der Beamte verschwand. Nun hatten sie eine Viertelstunde Zeit. Walter Buchenhain kam näher und setzte sich Martin gegenüber. Er war Ende vierzig, hatte ein faltiges Gesicht mit groben Zügen. Seine Statur war sportlich. Abfällig sprach er: „So, du bist ein Bekannter von Futzi? Dem alten, toten Futzi?"

„Futzi?", fragte Martin verwundert.

Walter Buchenhain erklärte, dass Futzi sein Spitzname für ihn gewesen war, bevor er geheiratet und seinen Namen in Dujardin geändert hatte. Martin verstand. Walter Buchenhain saß offenbar schon einige Jahre hier im Gefängnis.

„Was willst du von mir?", fragte er.

Martin holte das Foto aus seiner Hosentasche und zeigte es ihm. Walter Buchenhain hob die Augenbrauen. „Dieses Foto habe ich von Otto Dujardin erhalten. Darauf sieht man Sie, wie Sie ein Drogengeschäft abwickeln."

Walter Buchenhain blickte Martin verstohlen in die Augen. Dann sagte er nur: „Wer bist du?"

„Nur ein zufälliger Bekannter. Ich bin kein Polizist. Es ist mir nicht wichtig, in welche Drogengeschichten Sie verwickelt sind oder waren, seien Sie beruhigt."

Walter Buchenhain betrachtete das Foto: „Das ist Jahre her." Dann wiederholte er seine Frage: „Was willst du von mir?"

Martin fragte bestimmt: „Hat Sie Otto Dujardin mit diesem Foto erpresst?"

Ein irres Grinsen zeichnete sich im Gesicht von Walter Buchenhain ab. Er lachte laut auf. „Erpresst? Nein, erpresst hat er mich nicht."

Martin verstand nicht. Irgendetwas musste er doch mit dem Foto getan haben? Was sonst, wenn nicht eine Erpressung? Er hakte nach: „Wenn er Sie nicht erpresst hat, warum besaß er dann diese Fotografie? Er musste etwas damit bezwecken wollen."

Walter Buchenhain kam unangenehm nahe an Martin heran. „Ich will dir mal was erzählen: Das ist schon lange her. Mit Drogen deale ich schon seit Jahren nicht mehr. Ich habe eine saubere Weste. Nächstes Jahr komme ich hier raus und dann werde ich ein neues Leben beginnen."

„Aber einen Grund, dass er das Foto aufbewahrte, gab es doch. Etwas, was nicht gerade gut für Sie war oder?"

Walter Buchenhains Lippen wurden schmal. Bitter berichtete er: „Er hat dafür gesorgt, dass ich länger einsitzen muss."

Martin blickte auf. Sein Mund öffnete sich.

Voller Abneigung sprach Walter Buchenhain weiter: „Normalerweise wäre ich schon draußen, wegen guter Führung, aber dank Futzi muss ich zwei Jahre länger hier bleiben. Er hatte das Foto als Beweis vorgelegt, dass ich hier im Knast mit Drogen deale. Das reichte, um die Bewährung wieder aufzuheben. Nur meiner guten Führung habe ich es zu verdanken, dass ich vor drei Monaten in den offenen Vollzug wechseln durfte und nun vormittags als Freigänger einer geregelten Arbeit nachgehen darf."

„Tagsüber dürfen sie raus?"

„Jawohl, zum Arbeiten. Dafür bekomme ich eine elektronische Fußfessel angelegt. Nachmittags muss ich wieder antreten. Hör mal zu. Ich will mit Futzi und mit allem, was mit ihm zusammenhängt, nichts mehr zu tun haben. Er war ein fieses Arschloch und ich bin froh, dass er tot ist. Mehr habe ich nicht zu sagen."

„Wissen Sie, wo Herr Dujardin wohnte?"

Walter Buchenhains Ausdruck änderte sich: „Was soll die Frage? Ich habe mit seinem Tod nichts zu tun. Den kannst du mir nicht anhängen! Ich habe mit Drogen gedealt und einem Kerl die Fresse poliert, das war auch schon alles. Einen Kerl töten, auch wenn es noch so ein Arsch ist, würde ich nie tun!" Er stand auf und hämmerte an die Tür.

Martin nahm unterdessen eine Visitenkarte aus seiner Tasche und legte sie auf den Tisch. Walter sollte sich melden, wenn er nochmals mit ihm sprechen wolle. Vielleicht gab es doch noch Gesprächsbedarf? Walter stutzte, kam zum Tisch und steckte die Karte ein.

Kurz darauf trat der Beamte wieder ein. Walter Buchenhain sagte, dass das Gespräch beendet sei und ließ sich wieder abführen. Martin blieb einen Moment alleine zurück. Er dachte nach. Das war es also: Walter Buchenhain musste dank Otto Dujardin länger einsitzen. Das Foto diente als Beweisstück für seine kriminellen Aktivitäten. Und er war wütend deswegen. Möglich, dass er den Mord aus Rache verübt hatte. Wenn Martin doch nur wüsste, um welche Zeit der Mord verübt worden war. Und er wüsste gerne, ob man mit einer Fußfessel jemanden genau orten konnte? Das würde ihm weiterhelfen.

Dann öffnete sich die Tür und er wurde wieder vorbei an der Torwache nach draußen geleitet. Schnell stieg er in sein Auto und fuhr nach Hause. Er war den Abend über alleine, da Veronika mittwochs ihren Yogakurs hatte und anschließend immer mit den Mädels einen trinken ging. Er entschloss sich einen Film einzulegen und sich einen faulen Abend zu machen. Als Veronika um 22 Uhr nach Hause kam, war er auf der Couch eingenickt. Liebevoll küsste sie ihn wach. Martin berichtete von den neuen Erkenntnissen und von Walter Buchenhain als möglichen Täter. Veronika hörte gespannt zu. Dann ging sie in die Küche. Keine drei Minuten später schoss sie zurück ins Wohnzimmer. „Wo sind denn die Getränke? Ich wollte mir eine Cola holen und musste feststellen, dass keine Getränke da sind? Du solltest sie doch besorgen, damit wir welche haben, wenn die Gäste kommen! Kannst du mir das erklären?"

Martin wurde ganz anders zumute. Er hatte es vergessen und jetzt war es zu spät, noch einkaufen zu gehen. „Oh nein, es tut mir leid, ich habe es total vergessen. Ich werde morgen gleich nach der Arbeit alles einkaufen gehen. Ich verspreche es dir!"

Morgen war er letztmöglichste Zeitpunkt, denn Freitag würden schon ab Nachmittag die Gäste erscheinen. „Wieviel will der Caterer für das Buffet haben?", fragte sie.

„Der Caterer?", wiederholte Martin. Oh je, den Caterer hatte er erst recht vergessen. Er beichtete Veronika.

„Du hast bitte was? Das darf doch nicht wahr sein! Das einzige, worum du dich kümmernd solltest, war die Organisation der Getränke und des Caterers und nur weil du deine Nase lieber in fremde Angelegenheiten stecken musstest, sitzen wir übermorgen auf dem Trockenen. Oder wie stellst du dir das vor? Du hast mir doch versprochen, dass du trotz deiner Ermittlungen für die Hochzeit und alles, was damit zusammenhängt, da sein wirst!"

„Ja, ich weiß, es tut mir sehr leid…"

„Schön, dass es dir leid tut, aber das bringt uns nun auch keinen Caterer. Ich bin einfach enttäuscht von dir. Dir scheint dieser Fall wichtiger zu sein als die Organisation unseres gemeinsamen Polterabends."

„Ich verspreche dir, morgen werde ich mich gleich auf die Suche nach einem neuen machen und auch die Getränke abholen.

„Na dann bin ich aber mal gespannt". Sie drehte sich um, dann ging sie wortlos ins Bett.

Am nächsten Tag hatte Martin Veronika doch noch überreden können, ihm noch eine Chance zu geben, sich um die Organisation und das Essen für den Polterabend kümmern zu können. Er lief zufrieden aus dem

Restaurant `Goldener Schwan´. Der hauseigene Partyservice hatte noch Kapazitäten frei und wollte auch kurzfristig das Buffet für den Polterabend stellen. Was die Gerichte betraf, musste er etwas umdisponieren. Anstelle der Putenschnitzel gab es Schweinesteaks. Seine geliebten Salzkartoffeln wurden in Pommes frites umgewandelt. Als Nachtisch gab es leider nur Eis. Dessertcremen und Mousses waren nicht mehr lieferbar. Der Rest der Speisen blieb ohne Veränderung. Er war sehr zufrieden und rief Veronika gleich über Handy an, um ihr die gute Nachricht zu erzählen. Die dicke Luft von gestern Abend löste sich ein wenig auf. Martin wollte gleich in den Supermarkt fahren und die Getränke besorgen.

Als er in seinem Auto saß und gerade an einer Ampel stehen blieb, kam ihm ein ganz anderer Gedanke. Eine Frage geisterte in seinem Kopf herum. „Wem nützt eigentlich der Tod von Otto Dujardin?", fragte er sich leise. Vielleicht war er vermögend? Vielleicht gab es eine Lebensversicherung? Daran hatte er noch nicht gedacht. Die einzige Person, die ihm schnell darüber Auskunft geben könnte, war Frau Futzel. Als er auf dem Supermarktparkplatz angekommen war, rief er sie gleich an. Ohne langes Gerede kam Martin auf das Erbe von Otto Dujardin zu sprechen. Diese berichtete, dass sie laut Testament seine Alleinerbin war.

„Otto hatte ein Testament gemacht?", wiederholte Martin ungläubig.

„Ja, komisch nicht? Und es ist noch nicht allzu lange her, dass er es beglaubigen ließ."

Martin selbst hatte noch kein Testament gemacht und er fand es sonderbar, dass ein Mann mittleren Alters daran gedacht hatte. Er wollte die Höhe des zu erbenden Betrags wissen. Frau Futzel stockte kurz, bevor sie ihm eine Antwort gab: „Ich glaube es sind rund 50.000 Euro in bar. Das Geld lag auf seinem Girokonto."

„Gibt es eine Lebensversicherung?"

„Ja, es gibt eine Risikolebensversicherung."

„Und wer ist Nutznießer dieser Versicherung?"

„Im Falle seines Todes bekomme ich 80.000 Euro gutgeschrieben."

Martin überlegte: „Und seine Frau erbt nichts?"

„Doch, sie bekommt den Pflichtanteil, der ihr zusteht. Mehr nicht. Dabei hätte sie es so nötig gehabt", fügte Frau Futzel gönnerisch hinzu.

„Vielen Dank, Sie haben mir sehr geholfen." Martin legte auf. Frau Futzel war nun nach dem Tod von Otto Dujardin eine wohlhabende Frau. Dass gerade Sie alles erbte, das hätte er nicht vermutet. Offenbar bedeutete sie ihm doch mehr, als gedacht. Hatte er etwas bei seinen Überlegungen übersehen? Er starrte vor sich hin. Diese Möglichkeit hatte er noch nicht in Betracht gezogen.

Nachdem er die Getränke in die Wohnung getragen hatte, setzte er sich mit Veronika auf die Couch. Er berichtete von den Vermögensverhältnissen und von Frau Futzel. Nicht immer ist Geld ein Motiv für einen Mord, hatte Veronika darauf gesagt. Martin nickte und sagte nichts darauf.

9

Martin drückte die Klingel. Einen Moment später öffnete sich das Gartentürchen. Er schritt auf das Haus zu, in dessen Tür Frau Reupelsberger stand. Höflich begrüßte er sie und fragte, ob Leonard zu Hause sei. Sie bat ihn herein und sagte, dass er noch unter der Dusche stünde. „Warten Sie einen Moment, ich gebe ihm Bescheid, sodass er sich beeilt." Sie verschwand im Flur. Martin hörte, wie sie die Treppe hinauf in den zweiten Stock lief. Er blickte sich im Wohnzimmer um. Alles war sauber aufgeräumt und geschmackvoll eingerichtet. An der der Wand hingen einige Schnappschüsse. Auf jedem Bild war das Paar Reupelsberger zu sehen: am Strand, beim Wandern oder im Garten. Auf dem einem Bild sah man, wie sie sich auf einer Bierbank sitzend, strahlend umarmten. Das musste bei einem Vereinsfest gewesen sein, mutmaßte Martin, denn im Hintergrund hing eine große Fahne, auf der Martin das Wort `Heidelsheim´ lesen konnte. Martin betrachtete das glückliche Paar und fragte sich, ob Frau Reupelsberger von seiner Neigung etwas ahnte? Sie würde es bestimmt nicht akzeptieren, mutmaßte er. Er selbst würde nicht damit zurechtkommen, wenn Veronika mit einer Frau eine Affäre hätte. Für ihn war das nicht vorstellbar.

Dann kam Frau Reupelsberger wieder zurück mit der Nachricht, dass Leonard gleich kommen würde. Sie setzten sich und eine unangenehme Pause entstand. Schließlich sagte sie: „Es ist schön, wenn man alte Freunde wieder trifft, nicht wahr? Es sind Zeugen aus vergangener Zeit. Ich wünschte mir, ich hätte Leonard schon gekannt, als wir noch zur Schule gingen. Hat er sich sehr verändert?"

Martin wusste nicht recht, was sagen, er versuchte sich in allgemeinen Aussagen zu flüchten und hoffte, dass Frau Reupelsberger es nicht merken würde. Als Vorbild nahm er sich Klaus-Jürgen. Dieser war in seiner Schulzeit ein Junge gewesen, dem alle Mädchen hinterherliefen. Die Jungen waren allesamt neidisch auf ihn gewesen. Heute war er glücklich verheiratet und hatte drei Kinder.

Frau Reupelsberger war geschmeichelt, dass Martin in der Schulzeit immer aufgeschaut hatte auf Leonard. Sie sagte, dass dies ihr Bild von Leonard als Jugendlicher bestätigen würde. Martin rutschte auf dem Sofa unruhig hin und her. Er wusste nun nichts mehr zu berichten. Hoffentlich kam Leonard gleich herunter, bevor der ganze Schwindel aufflog. Frau Reupelsberger beobachtete ihn genau. Er fühlte ihre Blicke, während er etwas beschämt zu Boden schaute. Martin bat, bei ihnen auf die Toilette gehen zu dürfen. „Aber natürlich, kommen Sie", Frau Reupelsberger beschrieb ihm den Weg. Die Toilette befand sich an der Stirnseite des Hauses. Er ging vorbei an einigen offenen Zimmertürcn in die er neugierig hineinsah. Da sah er ein wunderschön eingerichtetes Kinderzimmer. Er blieb stehen und betrachtete den hellblauen Wickeltisch und die darüber hängende Spieluhr. Dann ging er weiter. Nachdem er sein Bedürfnis verrichtet hatte, kam er zurück und setzte sich wieder auf die Couch zu Frau Reupelsberger. Leonard Reupelsberger kam wenige Augenblicke später herein. Sofort merkte er die angespannte Stimmung. Er begrüßte Martin und tat so, als ob er sich wahnsinnig freuen würde. „Lass uns eine Runde spazieren gehen", sagte er. „Es ist schönes Wetter heute und die Felder sind wunderschön, was sagst du?"

Dankend nahm Martin an und beide machten sich auf, eine Runde um das Wohngebiet zu laufen. Bevor sie das Haus verließen, fasste Frau Reupelsberger Leonard sanft am Arm und meinte, dass es in einer Stunde Essen gäbe. Bis dahin sollten sie zurück sein. Leonard nickte bestätigend. Dann machten sie sich auf den Weg.

„Was führt Sie zu mir?", fragte Leonard, als sie weit genug vom Haus entfernt waren.

„Ich wollte nochmals mit Ihnen über die Gründe ihrer Trennung von Otto Dujardin sprechen. Es ist mir ungemein wichtig zu erfahren, wie und warum sie genau die Beziehung beendeten."

„Für was soll das gut sein?"

„Es würde mein Bild von Otto Dujardin vervollständigen. Ich versuche, mir sein Leben, seine Persönlichkeit vor meinem geistigen Auge vorzustellen. Ich glaube, wenn ich genau begriffen habe, wie Otto Dujardin dachte und lebte, dann werde ich auch seinen Mörder finden. Der Schlüssel liegt in seiner Persönlichkeit."

Leonard Reupelsberger schaute Martin ungläubig an. Doch er wollte ihm helfen, Ottos Mörder zu finden. Er hatte Otto geliebt und das war er ihm schuldig.

„Nun, wo soll ich anfangen. Ich hatte Ihnen ja schon berichtet, dass Otto ein liebender, ehrlicher und aufregender Mann war. Ich wusste, dass ich ihn brauchte. Er wollte mich ganz und gar für sich haben, doch ich war nicht bereit, meine Frau für ihn zu verlassen."

„Was war mit seiner eigenen Frau?"

„Das kann ich Ihnen nicht sagen. Über Oumou hatte er nicht viel erzählt. Sie schien ihm egal zu sein. Was aus ihr würde, war ihm im Grunde nicht wichtig. Er sprach manchmal sehr abfällig von ihr. Ich war dann etwas peinlich berührt. Ich weiß eigentlich nicht, warum er sie geheiratet hat."

Martin nickte. „Waren Sie schon immer bisexuell? Auch bereits vor ihrer Hochzeit?"

„Nein, dass ich bisexuell bin, wurde mir erst sehr spät bewusst. Durch Zufall lernte ich einen schwulen Mann kennen, mit dem ich eines Abends meine ersten Erfahrungen machte. Ich erschrak vor mir selbst. Das können Sie mir glauben. Doch es fühlte sich gut an. Und ich hatte Gefühle, die ich zuvor mit einer Frau nie hatte. Andere Gefühle, nicht besser oder schlechter. Ich wollte dieses Gefühl wieder haben und so erkundigte ich mich, wo sich Schwule treffen und wo man Männer kennen lernen konnte. So kam ich auf den Rastplatz Grünpresse. Dann war da Otto. Was dann geschah, das wissen Sie."

„Und eines Tages wurde Otto krank, weil er sich bei einem anderen Mann mit einer Geschlechtskrankheit angesteckt hatte?"

„Ja, aber davon merkte ich nichts. Erst als ich selbst Symptome entwickelte, wusste ich, dass mir Otto untreu war. Es war ein Schock für mich. Ich verstand nicht, warum er neben mir auch noch andere Männer traf. Genügte ich ihm nicht mehr? Nachdem ich lange darüber nachgedacht hatte, trennte ich mich von ihm."

„Darf ich Sie fragen, um welche Geschlechtskrankheit es sich handelte?"

Leonard Reupelsberger wurde rot. Leise sagte er: „Es war die Syphilis. Ich bekam ein Geschwür. Mein Hausarzt meinte, es sei Syphilis, ich müsste sofort mit Antibiotika behandelt werden. Es würden dann keine chronischen Schäden zurückbleiben."

„Hat ihre Frau von alldem etwas mitbekommen?"

Leonard verstummte. Dann nach einer Pause sagte er: „Wir ließen uns sofort beide behandeln. Natürlich wollte sie wissen, woher ich diese Krankheit hatte. Ich gestand ihr einen Seitensprung. Ich sagte, ich hätte eine Frau getroffen und den Kopf verloren. Sie glaubte mir.

Patricia liebt mich sehr. Nachdem eine Zeit vergangen war, verzieh sie mir. Und wir ließen diese Episode hinter uns."

„Ich verstehe. Ich danke Ihnen für Ihre Offenheit. Sehen Sie, Sie haben mir sehr geholfen."

Ungläubig blickte Leonard Martin in die Augen.

Martin und Veronika hatten sich von Gerald einige Biertischgarnituren ausgeliehen. In Geralds Amateurtheater *Die Muschel*, hatten sie einige dutzend davon. Er half auch mit, den Garten von Martins und Veronikas Haus festlich für den Polterabend herzurichten. Rote Papiertischdecken wurden ausgebreitet und mit Kerzen, Blumen und Girlanden geschmückt. Auf zwei Tischen wurde das Buffet aufgebaut, das vom Caterer in diesem Moment gebracht wurde. In einer großen Wanne mit Eiswasser lagen unzählige Flaschen Bier, Limonaden und Sekt. Alles war nun angerichtet für das lang ersehnte Event. Die Gäste wurden in einer halben Stunde erwartet. Martin und Veronika wünschten sich einen klassischen Polterabend, so, wie ihn ihre Eltern auch schon gefeiert hatten. Hierfür waren die Gäste angehalten, altes Porzellan- oder Keramikgeschirr mitzubringen. Dieses sollte dann auf den Boden geworfen werden und in tausend Stücke zerspringen. `Scherben bringen Glück´, das war das Motto und davon sollte er reichlich geben. Nach und nach trudelten die Gäste ein. Bertram war für die Musik zuständig. Nachdem nun alle Gäste da waren, eröffnete Veronika mit einer kleinen Ansprache das Fest. Ausgelassen wurde gefeiert, gegessen und getanzt. Den Höhepunkt bildete das Zerschmeißen der unzähligen Geschirre. Martin und Veronika hatten alle Hände voll zu tun, die Scherben wieder aufzufegen.

„Ich bin so glücklich", flüsterte Veronika Martin ins Ohr.

„Ist es so, wie du es dir vorgestellt hast?"

„Besser!"

Innig küssten sie sich. Dann eröffnete Bertram dem Verlobungspaar eine Überraschung. Es sollte Karaoke gesungen werden und Veronika musste den Anfang machen. Sie kreischte kurz auf, denn singen war etwas, was sie überhaupt nicht konnte. Alle riefen im Chor: „Veronika, Veronika, Veronika!" Sie musste, auch wenn sie wusste, dass es ein Desaster werden würde. Zu allem Elend musste sie auch noch den Song: „Hit me baby one more time" singen. Die Musik begann. Veronika versuchte durch eine tänzerische Einlage von ihrer Gesangskunst abzulenken, doch es gelang ihr nicht wirklich. Die Meute lachte mit ihr und sang lautstark mit. Dann war Martin an der Reihe. Er sang „Always on my mind", den Song, der auch damals im Haus Breidenfall lief, als er zum ersten Mal gemerkt hatte, dass er in Veronika verliebt war. Für Martin war es eine leichte Aufgabe. Seine Stimme war nicht gerade das, was man als schön bezeichnen konnte, aber er traf die Töne und rührte die Gäste, die mit den Flammen ihrer Feuerzeuge eine sentimentale Stimmung erzeugten.

Die Feier dauerte bis spät in die Nacht. Die Nachbarn waren im Vorfeld informiert worden und so gab es keine Beschwerden. Die Gäste wurden zunehmend ruhiger und saßen um einen Feuerkorb herum. Bertram legte jetzt nur noch Schnulzen auf. Die Gespräche verstummten, manche summten mit und träumten vor sich hin, während sie ins Feuer schauten.

Gegen drei Uhr fing Veronika an aufzuräumen. Martin und Gerald halfen ihr die leeren Flaschen aufzusammeln. Das übrig gebliebene Essen wurde in die Wohnung gebracht und die Biertische abgebaut.

Als Veronika und Martin gegen halb fünf im Bett lagen, kuschelten sie sich aneinander. „Jetzt steht unserer Hochzeit nichts mehr im Weg", flüsterte Martin. „Nächsten Samstag ist es soweit."

Veronika machte einen zustimmenden Seufzer. Dann schlief sie ein. Martin, der noch lange wach lag und über die Geschehnisse er letzten Woche nachdachte, schloss die Augen erst gegen sechs Uhr morgens.

Martin und Veronika verschliefen fast den ganzen Tag. Erst gegen 14 Uhr stiegen sie langsam aus dem Bett. Sie frühstückten herzhaft und freuten sich immer noch über die gelungene Feier. „Dieser verrückte Bertram", lachte Veronika. „Er weiß doch, dass ich nicht singen kann!"

„Aber das war doch gerade das Tolle daran", grinste Martin und kniff ihr in die Wange.

Veronika stieß seine Hand weg und sagte gespielt beleidigt: „Wie oft habe ich dir schon gesagt, dass ich nicht in die Wange gekniffen werden möchte?"

Martin grunzte.

„Aber Gerald war toll. Es ist immer Verlass auf ihn. Später will er auch noch kommen und abbauen helfen."

„Ja, er ist ein sehr guter Freund. Und er wird bestimmt auch ein sehr guter Trauzeuge."

Martin hatte seinen langjährigen Freund Gerald als Trauzeugen gewählt, Veronika Ihre Cousine Lena.

Dann stand Martin auf, küsste Veronika auf die Stirn und wollte ins Badezimmer gehen, um sich zu waschen und anzuziehen. Auf dem Weg fiel sein Blick auf die

Abschlusstür der Wohnung. Im Briefschlitz stecke ein zusammengefaltetes Blatt Papier. Neugierig nahm er es und faltete es auf. Er vermutete, dass vielleicht einer seiner Nachbarn einen Glückwunsch geschrieben haben könnte. Als er sah, was darauf geschrieben stand, lief er sofort in die Küche und legte es Veronika vor. Mit ausgeschnittenen Zeitungsbuchstaben wurde eine Nachricht für Martin aufgeklebt. Veronika las:

„Wenn du mehr über den Mord an Otto Dujardin wissen möchtest, dann komm um 22 Uhr ans Feldkirchle."

Sie schaute Martin an: „Natürlich wirst du da nicht hingehen, das ist viel zu gefährlich!"

Martin nahm die Nachricht und las sie nochmals laut vor. Dann schüttelte er den Kopf. Irgendjemand hatte vielleicht gesehen, wer Otto aus dem Fenster gestoßen hatte. Aber wie hatte er davon erfahren, dass Martin Ermittlungen anstellte? Er gab einen unzufriedenen Laut von sich. Oder es war jemand, der Informationen über Otto Dujardin besaß und auf keinen Fall wollte, dass der Mörder herausfindet, dass er sich mit Martin traf? Deswegen vielleicht auch der späte Zeitpunkt und der einsame Ort? Aber warum schnitt er Buchstaben aus einer Tageszeitung aus? Das war rätselhaft, befand Martin. Vielleicht wollte der Schreiber auf keinen Fall, dass man die Herkunft der Nachricht herausfinden konnte. So musste es sein.

„Natürlich werde ich heute Abend zum Feldkirchle gehen, Veronika. Vielleicht bekomme ich dann einen entscheidenden Hinweis. Wenn ich nicht gehe, dann werde ich nichts erfahren. Ich passe schon auf mich auf."

Veronika erschrak. Sie hatte plötzlich einen schrecklichen Einfall: „Und wenn es der Mörder selbst ist, der die Nachricht geschrieben hat?"

Martin dachte nach. „Nein, ich denke nicht, dass es der Mörder war. Wenn ich der Mörder wäre, dann würde ich denjenigen, der mir zu nahe kommt, entweder warnen oder ich würde ihn gleich aus dem Weg räumen. Jedenfalls würde ich ihm schriftlich keine Beweise anbieten."

„Wenn es aber falsch ist, was du denkst? Vielleicht ist das nur ein Köder, um dich an diesen einsamen Ort zu locken?"

„Ich werde auf mich aufpassen und keinen Schritt unüberlegt tun."

Veronika schüttelte den Kopf. Sie konnte nicht fassen, wie leichtgläubig Martin war. Dorthin zu gehen, stellte für Veronika eine große Gefahr dar. Sie konnte Martin auf keinen Fall alleine zu diesem Treffen gehen lassen:

„Dann komme ich mit dir. Ich werde dich begleiten. Und ich werde die Polizei verständigen."

Martin antwortete bestimmt: „Du kannst mit mir mitfahren und im Auto auf mich warten, aber die Polizei werden wir nicht einschalten. Zumindest jetzt noch nicht. Zum Feldkirchle werde ich alleine gehen. Sonst verschrecke ich vielleicht den Informant. Das darf auf keinen Fall schiefgehen."

„Aber…"

„Nichts aber, das Thema ist erledigt!" Martin wollte nichts mehr Gegenteiliges hören. Auf dem Ohr war er taub.

Gegen halb Zehn machten sich Martin und Veronika auf den Weg zum Feldkirchle. Es wurde nichts gesprochen. Die Stimmung war sehr angespannt. Martin war hochkonzentriert. Er erwartete sich viel von dem Treffen. Er hatte noch keinen Durchblick in dieser Angelegenheit, keinen Ansatzpunkt, der ihn befriedigte und bei dem sich alles zu einem großen Bild zusammenfügte. Das machte ihn unzufrieden. Er legte sich im Kopf einige Fragen zurecht, die er dem Informanten stellen wollte.

Veronika war wie gelähmt. In dumpfer Erwartung harrte sie den Dingen, die bald kommen sollten. Sie hatte ein schlechtes Gefühl bei der Sache und auch Angst um Martin. Was, wenn Martin etwas geschah?

Sie fuhren nun das Langental hinauf und bogen rechts ab in Richtung Feldkirchle. Es war Vollmond in dieser Nacht. Die Felder und Wälder erstrahlten im fahlen Licht. Martin fuhr langsamer. Er parkte den Wagen auf dem breiten, geteerten Wanderweg. Zum Feldkirchle musste man von dort aus noch etwa 20 Meter weit auf einem schmalen Weg nach unten laufen. Er bat Veronika im Auto sitzen zu bleiben. Alleine wollte er nach unten laufen und dort den Informanten treffen. Er stieg aus. Leise drückte er die Autotür zu. Dann schritt er langsam den Weg hinab. Der Mond leuchtete ihm. Das Feldkirchle war eine kleine Kapelle, die nach vorne hin offen war. In ihr befanden sich einige schmale Bänkchen und ein kleiner Altar mit einem Heiligenbild. Martin schaute sich um. Er sah niemanden den Weg hinaufkommen, auch in der Kapelle selbst war niemand, der auf ihn wartete. Er war vollkommen alleine. Dann sah er auf die Uhr. Es war fünf Minuten vor Zehn. In ihm stieg ein Gefühl der Unruhe empor. Plötzlich bekam er ein seltsames Gefühl. Im war, als ob ihn jemand beobachtete. Er spürte ganz deutlich die Blicke in seinem Rücken. Er drehte sich um. Da war jemand! Jemand stand in etwa 10 Metern Entfernung im

Gebüsch. Martin bekam es mit er Angst zu tun. Diese Gestalt rührte sich nicht. Der Schatten schien ihn nur anzuschauen. Unbeweglich stand er da. Martin sprach ihn mit zitternder Stimme an: „Bitte kommen Sie doch heraus ins Licht. Ich bin da, um über Otto Dujardin zu sprechen. Bitte."

Es kam keine Antwort. Stattdessen hob die Gestalt ihren Arm. Martin sah etwas im Mondlicht aufblitzen. Er erschrak und zuckte unweigerlich zusammen. Blitzschnell duckte er sich. Im gleichen Augenblick hörte er einen Schuss. Die Gestalt hatte auf ihn gezielt und abgedrückt. Martin schrie: „Nein, nicht!" Er versuchte so schnell, wie möglich in gebeugter Haltung zu entfliehen. Die Gestalt schoss ein zweites Mal und Martin fiel mit einem lauten Seufzer auf den Boden. Bewegungslos blieb er liegen. Die Gestalt trat aus dem Gebüsch und kam näher auf ihn zu. Im gleichen Augenblich kam Veronika panisch schreiend den Weg nach unten gerannt. Völlig hysterisch und außer sich brüllte sie Martins Namen. Die Gestalt verschwand sofort wie ein Schatten im Dunkel. Veronika beugte sich über den am Boden liegenden Martin. Sie rüttelte an ihm. Immer wieder schrie sie in Todesangst seinen Namen. Martin bewegte sich. Er fasste sich an den rechten Arm, blickte ihr tief in die Augen und atmete seufzend aus.

10

Als sie in der Notaufnahme der Fürst-Stirum-Klinik in Bruchsal ankamen, wurden sie sofort den anderen wartenden Patienten vorgezogen. Veronika musste im Flur warten. Die Minuten vergingen nur langsam. Warum musste sich Martin oft in derart lebensgefährliche Situationen bringen? Es war nicht das erste Mal, dass er in einen Mordfall verwickelt war. Warum konnte sie sich nicht durchsetzen und Martin davon abbringen? Aber so war Martin eben schon immer: neugierig und wissbegierig und mit einem großen Gerechtigkeitsempfinden. Wenn sie ihn liebte, musste sie ihn so akzeptieren, wie er war.

Die Tür öffnete sich und Martin wurde in einem Bett liegend aus dem Behandlungszimmer hinausgefahren. Weiter ging es zum Röntgen. Der behandelnde Arzt kam zu Veronika und meinte, dass Martin Glück gehabt habe. Es sei ein sauberer Durchschuss an der Außenseite des Oberarms, wahrscheinlich ohne Fraktur. Aber das müssten sie noch durch das Röntgenbild bestätigen. Er musste in jedem Fall die Nacht über in der Klinik bleiben. Momentan befinde er sich noch in einem Schockzustand.

Auf Grund der Umstände des Schusses müssten sie die Polizei einschalten, meinte der Arzt. Veronika nickte bestätigend. Es war auch das, was sie in jedem Fall wollte. „Bitte bleiben Sie hier, bis die Polizeibeamten eintreffen und den Fall aufnehmen."

„Ja, mache ich", bestätigte Veronika.

Etwa zwanzig Minuten später kamen zwei Polizeibeamte mit dem behandelnden Arzt auf Veronika zu. Sie musste sich zuerst ausweisen. Dann sollte sie in allen Einzelheiten erzählen, wie es zu den Schüssen kam.

„Wieso bekamen Sie so eine dubiose Nachricht nach Hause? Und wer ist dieser Otto Dujardin?", fragte der eine Polizist.

Veronika versuchte, ihm von den Umständen des Todes von Otto Dujardin zu erzählen. So gut sie es konnte schilderte sie ihm die Zusammenhänge aller beteiligten Personen, mit denen Martin in den letzten zwei Wochen gesprochen hatte. Die Polizisten nickten während sie erzählte und schrieben sich Einzelheiten in ihre Notizbücher.

„Fragen Sie bitte Martin morgen noch einmal. Er wird es Ihnen sicher besser und vollständiger berichten, als ich es kann. Die Situation ist sehr kompliziert."

Die Beamten stimmten zu. Am Morgen würden sie wiederkommen und mit Martin sprechen. Schon in der

Nacht würden sie anfangen, den Tatort genaustens zu untersuchen.

Veronika konnte in dieser Nacht nur wenig schlafen. Alleine hatte sie kein Auge zu getan. Wie gerädert stand sie auf. Nach einem kurzen Frühstück machte sie sich auf, ins Krankenhaus zu fahren.

Martin lag in einem Einbettzimmer. Als sie die Tür öffnete und ihn wach in seinem Bett liegen sah, atmete sie erleichtert aus. Sofort schnellte sie zu ihm und umarmte ihn. Martin berichtete von der Diagnose. Es war ein Durchschuss ohne Fraktur. Es hätte viel schlimmer sein können. Heute würde er das Krankenhaus wieder verlassen dürfen. Veronika freute sich sehr, dass es Martin wieder besser ging.

„Die Polizei wird gleich hier sein, um dich zu befragen", sagte Veronika. „Sie wollen alle Einzelheiten über deine Nachforschungen wissen. Du kannst jetzt nicht mehr alleine weitermachen. Das ist viel zu gefährlich."

Martin war bewusst, dass es so kommen würde. Die Polizei würde den Fall übernehmen und er würde das Geheimnis um Otto Dujardin nicht lüften können. Er presste seine Lippen zusammen. „Ja, ich weiß", bemerkte er kurz.

Sie hielt seine Hand. Stumm saßen sie beieinander. Dann klopfte es und herein kam ein Polizist. Dieser war groß und hager. Sein herbes Gesicht hatte ernst dreinblickende Augen und grobe Konturen. Kommissar Leutner stellte sich vor. Er war von der Mordkommission. Auf Grund der Schilderungen der beiden Polizeibeamten, die den Fall aufgenommen hatten, musste es sich bei Otto Dujardin um einen Mordfall handeln. Aus deren Aufzeichnungen wurde Kommissar Leutner jedoch nicht ganz schlau. „Bitte berichten Sie mir in allen Einzelheiten von Otto Dujardin und dem vermeintlichen Mord. Ich habe mir die Akte bringen lassen. Darin steht, dass die Kollegen feststellten, dass es ein Unfall war und es keine offensichtliche Fremdeinwirkung gegeben hatte."

Martin setzte sich aufrecht hin. Er begann seine Rede mit der Schilderung Otto Dujardins Beerdigung von Pfarrer Rebler. Wie seltsam es war, dass niemand zu seiner Beerdigung kam. Offenbar lag es an der Persönlichkeit von Otto Dujardin, die nach Martins Meinung eine große Rolle spielte. Anschließend sprach er von den Fundsachen im Sekretär und den verschiedenen Ansatzpunkten, die sich dadurch für ihn ergaben. Die Tatsache, dass schließlich auf ihn geschossen wurde, gab seiner Theorie, das Otto Dujardin ermordet wurde, recht."

Kommissar Leutner wollte genau wissen, mit wem Martin im Vorfeld der Schießerei gesprochen hatte. Martin zählte alle Beteiligten auf und erklärte, in welcher Verbindung sie zu Otto Dujardin gestanden hatten. Als die Sprache auf den Sträfling Walter Buchenhain kam, blickte der Kommissar auf. Dank Otto Dujardin musste er länger einsitzen. Kommissar Leutner fragte, ob Martin wisse, was er verbrochen hatte, bevor er ins Gefängnis kam? Martin erinnerte sich daran, dass Walter Buchenhain von Drogengeschäften und körperlicher Gewalt gesprochen hatte. Der Kommissar kniff die Augen zusammen. Ihn interessierte diese Spur sehr und er wollte mehr über Walter Buchenhain erfahren.

„Walter Buchenhain kann unmöglich auf mich geschossen haben", meinte Martin.

„Das ist richtig", bestätigte Kommissar Leutner. „Aber meist haben die Insassen nach draußen zahlreiche Kontakte aus alten kriminellen Zeiten. Freunde, die einem eventuell noch etwas schuldig sind. Es könnte ein Komplize gewesen sein, der gestern auf sie geschossen hatte. Wir werden genau überprüfen, ob und von wem Walter Buchenhain regelmäßig Besuch bekam. Sie sagten vorhin, dass er im offenen Vollzug sitzt und tagsüber raus kann?"

„Richtig, aber er bekommt eine elektronische Fußfessel angelegt." Spontan fiel ihm ein: „Vielleicht ist es möglich ein Bewegungsprofil zu erstellen? Damit müsste zu klären sein, ob er den Mord an Otto Dujardin verübt haben könnte oder nicht."

„Wir werden es veranlassen."

„Sagen Sie, werden Sie die übrigen Personen nicht auch vernehmen?"

„Doch natürlich. Wir werden alle Beteiligten befragen, was sie am gestrigen Abend gemacht haben. Seien Sie beruhigt."

Martin nickte. Er hatte das Gefühl, dass der Kommissar Martins bescheidene Rückschlüsse nicht wirklich ernst nahm. Nach einer kühlen Verabschiedung blieben Martin und Veronika alleine zurück. Nachdem der Arzt Martin nochmals untersucht hatte, durfte Veronika ihn wieder mit nach Hause nehmen. Martin entschloss sich, in dieser Angelegenheit erstmal nichts weiter zu unternehmen. Er wolle jetzt wieder fit werden für die am Samstag stattfindende Hochzeit. Das wäre jetzt am Wichtigsten.

Die Tür öffnete sich und Walter Buchenhain wurde von einem Vollzugsbeamten hereingeführt. Der Bedienstete blieb neben der Türe stehen. Kommissar Leutner, der am Tisch gesessen hatte, stand auf und begrüßte Walter Buchenhain förmlich. Dann setzten sich beide gegenüber. Kommissar Leutner begann seine Vernehmung. „Herr Buchenhain, ich stelle Ihnen jetzt ein paar Fragen und ich erwarte, dass Sie diese wahrheitsgemäß beantworten. Ich ermittle in einem Mordfall, in dessen Zusammenhang auch Ihr Name gefallen ist. Gestern Abend wurde auf Martin Fennberg ein Attentat verübt. Sie kennen diesen Mann, nicht wahr? Er war vor einigen Tagen bei ihnen."

Walter Buchenhain raunte etwas, was sich wie eine Zustimmung anhörte.

„Laut der Aussage von Herr Fennberg haben Sie zusammen über einen Ihrer Aufseher gesprochen, Otto Dujardin, der vor einigen Wochen bei einem Unfall ums Leben gekommen war. Nun, Martin Fennberg berichtete, dass Otto Dujardin ein Beweisfoto besaß, auf dem Sie ein Drogengeschäft abgeschlossen haben. Auf Grund dieses Beweises wurde ihre Bewährung ausgesetzt und sie müssen weitere zwei Jahre hier einsitzen. Entspricht dies der Wahrheit?"

Walter Buchenhain sprach mit einer belegten Stimme: „Das stimmt."

„Martin Fennberg hat den Verdacht geäußert, dass Sie sich vielleicht an Otto Dujardin rächen wollten. Sie hatten die Möglichkeit ihn vormittags zu besuchen, weil sie seit Kurzem im offenen Vollzug sind. Vielleicht wollten Sie ihn nur zur Rede stellen und es kam zum Streit zwischen Ihnen? Vielleicht war es nicht Ihre Absicht ihn zu töten? Sie könnten ihn im Affekt aus dem Fenster gestoßen haben!“

„Ich habe mit der Sache nichts zu tun!“, beteuerte Walter Buchenhain.

Kommissar Leutner ließ sich nicht aus der Ruhe bringen: „Und zwei Tage nach Herrn Fennbergs Besuch bei Ihnen, bei dem er seinen Verdacht geäußert hatte, wurde auf ihn geschossen. Wie erklären Sie sich diese Tatsache? Es könnte doch sein, dass es da einen Zusammenhang gibt?“

„Ich habe mit dem scheiß Attentat nichts zu tun!“ Walter Buchenhain geriet in Rage.

„Stimmt, das Attentat konnten Sie nicht verübt haben. Aber sie haben bestimmt Freunde, die so etwas für Sie tun würden. Freunde aus Ihrer kriminellen Vergangenheit als Dealer? Eine Hand wäscht die andere.“

„Warum glaubt mir denn keiner?“ Walter Buchenhain blickte sich verzweifelt um. „Geht doch zum Teufel!

Scheiß Bullenschweine! Ihr wollt mir nur etwas anhängen!" Er stand auf und wurde wild. Kommissar Leutner befahl dem Vollzugsbeamten, ihn sofort abzuführen, bevor noch etwas Schlimmeres geschah. Widerwillig und unter heftigem Protest verließ Walter Buchenhain den Besucherraum. Kommissar Leutner fand das Verhalten von Walter Buchenhain sehr aufschlussreich. Er hatte etwas zu verbergen, das fühlte er.

Bevor er das Gefängnis verließ, ging er zur Vollzugsdienstleitung. Er erkundigte sich über die elektronische Fußfessel, mit der Walter Buchenhain ausgestattet wurde. Mit ihr war man in der Lage, einen Insassen, der auf Freigang war, per GPS zu orten. Was ihn interessierte, war, ob es die Möglichkeit gab, ein Bewegungsprofil eines bestimmten Tages aus der Vergangenheit zu erstellen. Der Vollzugsdienstleiter wollte sich darum kümmern und die Daten dieses besagten Tages, als Otto Dujardin starb, heraussuchen und auswerten. Wenn er das Ergebnis hatte, wollte er sich bei ihm melden.

Dann fragte Kommissar Leutner, ob Besucherlisten geführt würden und ob er Einblick haben dürfte, wer Walter Buchenhain in der letzten Zeit besuchen kam. Der Vollzugsbeamte nickte und führte ihn in ein anderes Büro. Aus einem Regal zog der Beamte einen bestimmten Ordner. Darin waren die Listen abgeheftet. Er zeigte dem Kommissar, wie er zu suchen hatte und ließ ihn für eine Weile alleine nachsehen. Kommissar Leutner nahm sein Notizbuch und einen Stift und notierte sich einen bestimmten Namen. Er bedankte sich anschließend für die gute Zusammenarbeit und verließ zufrieden die Justizvollzugsanstalt. Draußen nahm er sein Handy aus der Jackentasche und rief im Revier an. Er bat seinen Kollegen für ihn eine Akte herauszusuchen.

Etwa eine halbe Stunde später saß Kommissar Leutner bei Oumou Dujardin im Wohnzimmer. Das Gespräch kam nur langsam in Gang. Frau Dujardin war eine eingeschüchterte und sehr zurückhaltende Frau. Kommissar Leutner befragte sie nach der Qualität ihrer Ehe. Sie liebte Ihren Mann nach eigenen Aussagen und litt sehr unter der Trennung, die von Otto Dujardin ausging. Seitdem war sie sehr einsam und sie fand es schwierig Anschluss zu anderen Deutschen zu finden. Integration zu leben war schwieriger, als man ahnen würde. Dabei gab sie sich solche Mühe. Es gab ihrer Meinung nach immer wieder Vorurteile gegenüber farbigen Ausländern. Kommissar Leutner lenkte das Gespräch auf das Attentat auf Martin Fennberg. Ungläubig schaute sie ihn an. Auf die Frage, was sie am gestrigen Abend getan hatte, antworte sie, dass sie bis 21 Uhr in der Fabrik gearbeitet hatte und anschließend mit dem Bus nach Hause gefahren war. Der Bus führte über den Rendezvousplatz. Dort musste sie umsteigen und nach der Endhaltestelle noch etwa zehn Minuten zu ihrer Wohnung laufen. Kommissar Leutner befragte sie nach Zeugen. Doch außer dem Busfahrer wusste sie niemanden, der sie bewusst gesehen haben könnte. Vielleicht wurden die Busse auch mit Kameras überwacht, fiel ihr ein. So etwas wie eine Kamera habe sie schon einmal gesehen. Er wollte sich bei den Verkehrsbetrieben nach dem Busfahrer, der am Abend Dienst hatte oder nach Bildaufnahmen erkundigen. Er bedankte sich für ihre Aufmerksamkeit und verließ die Wohnung. Als Herr Leutner wieder in seinem Auto saß, machte er sich ein Häkchen in sein Notizbuch. Im Revier wollte er später die erforderlichen Schritte in die Wege leiten.

Anschließend fuhr er nach Heidelsheim. Das nächste Gespräch könnte pikant werden, so meinte er. Er wusste, dass Frau Reupelsberger nichts vom Verhältnis zwischen Otto Dujardin und ihrem Ehemann ahnte. Es könnte peinlich werden, wenn es heute zu dritt zur Sprache kam. Deshalb wollte er lieber mit ihm alleine sprechen. Dort angekommen, klingelte er am Gartentor. Frau Reupelsberger öffnete. Er schritt ihr entgegen und begrüßte sie: „Guten Tag, sind Sie Frau Reupelsberger, die Ehefrau von Leonard Reupelsberger?"

„Die bin ich. Was können ich oder mein Mann für Sie tun?"

„Mein Name ist Leutner, ich bin Kommissar der Mordkommission", er zeigte seinen Dienstausweis. „Ich ermittle gerade in einem Mordfall und in diesem Zusammenhang möchte ich gerne mit Ihrem Mann sprechen, wenn er zu Hause ist?"

Frau Reupelsberger erschrak. Unsicher sagte sie: „Ja, bitte sehr, kommen Sie herein. Ich … ich werde sofort meinen Mann herunterbitten." Sie führte ihn ins Wohnzimmer. Auf der Couch nahm er Platz. Während er wartete, schaute er sich im Zimmer um. Ihm fielen die Hochzeitsbilder auf, genau wie damals Martin, auf denen das glückliche Paar zu sehen war. Befremdlich, dachte er, wenn man weiß, dass er einen Geliebten hatte? Er räusperte sich. Leonard Reupelsberger kam herein. Als er den Kommissar erblickte kam er ihm entgegen und reichte ihm die Hand zum Gruß. Frau Reupelsberger stand hinter ihm. Ihr deutete der Kommissar an, dass er gerne mit ihm alleine sprechen wollte. Sie blickte ihren Mann eindringlich an und verließ daraufhin, wie gewollt das Zimmer. Leonard Reupelsberger schloss hinter ihr die Tür. Dann setzte er sich dem Kommissar gegenüber.

„Herr Reupelsberger, vor einigen Tagen war ein gewisser Martin Fennberg bei ihnen zu Besuch."

Herr Reupelsberger nickte.

„Und Herr Fennberg wusste vom Verhältnis von Ihnen und Otto Dujardin, der laut seiner Angabe aus dem Fenster gestoßen wurde und so zu Tode kam."

Wieder nickte Herr Reupelsberger.

„Haben Sie Herrn Otto Dujardin in dem Zeitraum nach ihrer Trennung bis zu seinem Tod nochmals gesehen?"

Vehement verneinte Leonard Reupelsberger. Beide hatten nichts mehr miteinander zu tun. Vom Ottos Tod hatte er allein durch Herrn Fennberg gehört. Diese Information deckte sich mit den Angaben, die Martin gemacht hatte, stellte der Kommissar fest.

„Herr Fennberg fiel gestern einem Attentat zum Opfer. Auf ihn wurde geschossen."

Herr Reupelsberger öffnete den Mund. Diese Nachricht war schrecklich! Aber was hatte sie zu bedeuten?

„Wo waren Sie gestern Abend gegen 22 Uhr?"

„Aber ich habe doch mit der Sache nichts zu tun", antwortete Leonard Reupelsberger bestürzt.

„Verzeihen Sie, das ist eine reine Routinefrage."

„Denken Sie etwa …? Aber ich habe nicht auf Herrn Fennberg geschossen. Welchen Grund hätte ich dafür haben sollen?"

„Das weiß ich nicht. Aber verstehen Sie, ich muss jede Eventualität berücksichtigen. Deswegen frage ich Sie nochmals, wo waren Sie gestern Abend gegen 22 Uhr?"

Der Kommissar hatte tatsächlich in Erwägung gezogen, dass er etwas mit dem Anschlag zu tun hatte. Und gleichfalls etwas mit dem Tod seines geliebten Otto, das war nur eine logische Schlussfolgerung. Er stand unweigerlich auf und lief im Zimmer umher. Dann holte er tief Luft und schloss für einen Moment die Augen. Wieder ruhig sprach er: „Ich war gestern Abend auf einem Junggesellenabschied. Den ganzen Abend. Sie können sich gerne erkundigen. Die Party endete im `Niederländer´, einer Kneipe in der Innenstadt Bruchsals." Er holte einen Zettel vom Sideboard und einen Stift und schrieb den Namen des Junggesellen mit seiner Telefonnummer auf. „Bitte sehr. Wenn Sie keine weiteren Fragen haben, dann wünsche ich, dass Sie jetzt mein Haus verlassen." Der Kommissar stand auf. Leonard Reupelsberger war sichtlich getroffen von seiner Anschuldigung. Aufschlussreich, so meinte er. Als die beiden im Flur standen und Leonard Reupelsberger gerade im Begriff war, die Haustüre zu öffnen, kam seine Frau aus der Küche. Beide umarmten sich inniglich. Höflich verabschiedete sie der Kommissar von beiden und verließ das Haus.

Als letztes wollte Kommissar Leutner noch die Schwester des Toten aufsuchen. Als er das Treppenhaus nach oben lief, stand sie schon in der Tür und erwartete ihn neugierig. Oben angekommen stellte er sich vor. Dann bat sie ihn herein. Sie ließen sich am Esszimmertisch nieder.

„Frau Futzel, ich ermittle gerade im Mordfall ihres Bruders und möchte ihnen zu allererst mein Beileid ausdrücken. Herrn Martin Fennberg haben Sie ja schon kennen gelernt. So wie er es mir geschildert hat, arbeiteten Sie gewissermaßen zusammen. Stimmt das?"

„Oh ja, da haben sie vollkommen Recht. Ich lege viel Wert darauf, herauszufinden, wer meinen Bruder aus dem Fenster gestoßen hat. Ich werde alles mir Mögliche tun, um bei den Ermittlungen mitzuhelfen."

„Nun, ich danke Ihnen." Herr Leutner lächelte Frau Futzel freundlich an. „Sagen Sie, glauben Sie, dass Ihr Bruder Feinde hatte? Menschen, die ihm etwas Schlechtes wollten?"

Frau Futzel antwortete ohne Umschweife: „Ja, ich denke schon. Wissen Sie, mein Bruder behandelte andere nicht immer gut. Ich könnte mir schon vorstellen, dass es den einen oder andern gab, der ihm etwas Böses wünschte.

Vielleicht ist einer seiner Gefangenen kürzlich entlassen worden und hat sich bei ihm für die sadistische Behandlung gerächt?"

Kommissar Leutner hob die Augenbrauen: „Sie denken an einen Sträfling?"

„Es liegt nahe."

„Haben Sie jemanden Bestimmtes im Verdacht?"

„Nein, ich spreche nur allgemein."

Der Kommissar betrachtete Frau Futzel lange. Dann stellte er seine nächste Frage: „Wie würden Sie die Ehe mit Frau Oumou Dujardin beschreiben?"

„Oh, darüber kann ich ihnen nur wenig berichten. Sehen Sie, wir hatten wenig Kontakt. Ich glaube, sie war sehr verliebt in Otto, doch er wollte die Trennung."

„Können Sie sich vorstellen, dass Frau Dujardin ihren Mann aus dem Fenster gestoßen hat? Vielleicht aus Liebeskummer auf Grund seiner Zurückweisung?"

„Oumou?" Frau Futzel schaute irritiert. „Nein, das kann ich mir nicht vorstellen. Ganz und gar nicht."

Kommissar Leutner nickte. Frau Futzel hatte ihre klaren Vorstellungen, wie er bemerkte. Dann sagte er: „Auf Martin Fennberg wurde gestern Abend geschossen."

Frau Futzel stieß einen undefinierbaren Laut aus. Sie fasste sich an ihre Brust.

„Verzeihen Sie mir bitte die Frage, Frau Futzel, aber ich muss sie Ihnen routinemäßig stellen: Wo waren Sie gestern Abend gegen 22 Uhr?"

Frau Futzel schaute ihn entgeistert an. Dann sagte sie etwas verwirrt: „Ich war den ganzen Abend zu Hause und habe gelesen."

„Haben Sie mit irgendjemanden telefoniert oder hat Sie jemand hier in der Wohnung besucht? Ein Nachbar vielleicht?"

Frau Futzel schüttelte den Kopf. „Nein, es tut mir leid. Ich schätze, ich habe für die angegebene Zeit keinen Zeugen, der das bestätigen kann, was ich Ihnen sagte."

Was hatte dies nun zu bedeuten, fragte sie sich. Stand Sie unter Verdacht, auf Martin geschossen zu haben? Oder noch viel schlimmer: Stand sie unter Verdacht, ihren Bruder ermordet zu haben?

Kommissar Leutner stand abrupt auf und bedankte sich bei ihr. Sie blieb in Gedanken versunken im Wohnzimmer sitzen. Als er später mit seinem Auto aus der Parklücke ausparkte, entschied er sich, nun ins Revier zurück zu fahren.

11

Als Kommissar Leutner zurück ins Polizeirevier kam, lag bereits die Nachricht auf dem Tisch, dass er sich bei der Justizvollzugsanstalt melden sollte. Sofort nahm er das Telefon und wählte die auf dem Zettel notierte Nummer. Ein Herr Frieselmann meldete sich. Er erstellte ein Bewegungsprofil von Walter Buchenhain auf Grund der Vorgaben, die Kommissar Leutner gemacht hatte. Walter Buchenhain war zwei Tage vor dem besagten Mordtag ganz in der Nähe von Otto Dujardins Wohnung. Ausgeschlossen werden konnte jedoch, dass er das Wohnhaus von Herrn Dujardin betrat. Sonst gab es keine Auffälligkeiten. Abgesehen von diesem Umweg, begab sich Walter Buchenhain auf direktem Weg in die Fabrik und anschließend wieder zurück in die Justizvollzugsanstalt. Kommissar Leutner bedankte sich für die gute Arbeit. Geschmeichelt bedankte sich Herr Frieselmann und legte auf.

Kommissar Leutner setzte sich an seinen Arbeitspatz und öffnete eine Akte, die er sich zuvor telefonisch bestellt hatte. Der Name `Olsen Krumm´ stand unter einem Foto. Kommissar Leutner las seine kriminelle Biografie. Aufgewachsen im Heim als Waisenkind, wurde er bereits als Teenager straffällig und beging mehrere Einbrüche in Warenhäusern. Später folgten

Delikte, wie Brandstiftung, schwere Körperverletzung und Drogenhandel. Er saß von 2007 bis 2015 in der Justizvollzugsanstalt in Bruchsal. Das Wiedereingliederungsprogramm lief zwei Jahre. Seitdem wurde Olsen Krumm nicht mehr straffällig.

Kommissar Leutner legte die Akte beiseite. Olsen Krumm stand im direkten Kontakt mit Walter Buchenhain. Vielleicht hatten sie eine gemeinsame Vergangenheit. In den letzten Wochen war Olsen jedenfalls des Öfteren zu Besuch bei Walter. Vielleicht ist Olsen Walters lange Hand. Durch ihn könnte er sich bei Otto Dujardin gerächt haben. Er stand auf und machte sich auf den Weg in die Justizvollzugsanstalt.

Dort angekommen ließ er sofort Walter Buchenhain in den Besucherraum kommen. Walter Buchenhain war nicht erfreut, den Kommissar zu sehen. Widerwillig setzte er sich ihm gegenüber. Der Kommissar begann ohne Umschweife: „Herr Buchenhain. Sie waren zwei Tage vor dem Todestag von Otto Dujardin in der unmittelbaren Nähe seiner Wohnung in der Bergstraße. Was haben Sie dort gemacht?"

Walter Buchenhain sagte nichts.

„Herr Buchenhain, leugnen ist zwecklos, wir haben ein Bewegungsprofil erstellt und den Beweis, dass es so war!"

Nach einer Pause gab Walter Buchenhain zu: „Ja, ich war in dieser Straße irgendwann, vor meiner Arbeit. Das ist kein Verbrechen."

„Wieso sind Sie dorthin gegangen? Was haben Sie dort gewollt?"

„Das weiß ich nicht mehr."

„Soll ich Ihnen zu Hilfe kommen? Sie wollten die Lage auschecken und mit einem gewissen Olsen Krumm, ihrem Komplizen, alles Nötige besprechen. Er sollte zu einem späteren Zeitpunkt Otto Dujardin auflauern. Sie selbst durften ja das Haus nicht betreten und mit dem Verbrechen nicht in Verbindung gebracht werden, da Sie eine Fußfessel trugen. Also tat es Ihr Freund, Olsen, der Ihnen noch etwas schuldig war."

Walter Buchenhain schaute erbost zu Kommissar Leutner hinüber. „Das ist nicht wahr. Wie kommen Sie darauf. Das ist eine Lüge!"

„Leugnen Sie etwa, dass Herr Krumm Ihr Freund ist, der Sie in der letzten Zeit regelmäßig besuchte?"

Walter Buchenhain überlegte. „Nein", sagte er kurz.

„Und leugnen Sie, dass Sie ein Interesse hatten, sich an Otto Dujardin zu rächen? Für seine schlechte Behandlung Ihnen gegenüber?"

„Ich wollte mich nicht rächen. Das ist nicht wahr!"

„Was wollten Sie dann?"

„Ich weiß nicht, was ich wollte", schrie Walter Buchenhain. „Ihn töten wollte ich jedenfalls nicht!"

Ruhig sprach Kommissar Leutner weiter: „Gut. Sie setzten also Olsen Krumm auf ihn an und gingen gemeinsam in die Nähe seines Hauses. Hat er ihn zwei Tage später, wie verabredet besucht? Kam es zu einer Auseinandersetzung zwischen ihnen, sodass er Otto Dujardin aus dem Fenster stieß?"

Walter Buchenhain rieb sich sein Gesicht. „Nein, das tat er nicht! Ich pfiff ihn wieder zurück. Das war doch nur eine Schnapsidee von mir, ihm aufzulauern und ihm zu drohen. Ich wollte mich nicht rächen, ihm nichts antun. Ich wollte nur, dass er es mit der Angst bekommt. Dass er sich in seinem Zuhause nicht mehr sicher fühlte."

„Das geben Sie zu?"

„Ich wollte, dass er sich so fühlt, wie wir uns gefühlt hatten. All die Jahre, die er uns beherrschte mit seinem skrupellosen Handeln. Futzi verdiente es, Angst zu haben und nicht zu wissen, was als nächstes geschehen würde."

„Sie bleiben dabei, Krumm hat ihn nicht umgebracht?"

„Krumm hat ihn nicht umgebracht! Und ich habe es auch nicht von ihm verlangt. Dabei bleibe ich und das ist die Wahrheit."

Kommissar Leutner schaute ihn lange an.

„Ich werde Olsen Krumm vernehmen. Ich hoffe für Sie, dass er die gleiche Geschichte aussagt."

Sagte Walter Buchenhain die Wahrheit? Kommissar Leutner war sich nicht sicher. Für heute beließ er es dabei. Walter Buchenhain durfte wieder gehen. Nachdenklich verließ Kommissar Leutner die Justizvollzuganstalt.

Martin saß zu Hause in seinem Wohnzimmer und starrte aus dem Fenster. Sein Arm schmerzte immer noch. Er trug ihn angewinkelt mit einem Tuch fixiert vor seiner Brust. Der Verband musste täglich von Veronika gewechselt werden. Seit Tagen war er in Sachen Otto Dujardin nicht mehr aktiv gewesen, was ihn traurig werden ließ. Er saß die meiste Zeit nur dumpf in der Wohnung herum und schaute Fernsehen. Veronika hatte ihm verboten, sich weiter einzumischen, was er bis dato befolgte. Vielleicht würde der Mörder noch einen zweiten Versuch starten, ihn aus dem Weg zu räumen, wenn er nicht aufhörte. `Das ist viel zu gefährlich´, hatte Veronika gesagt. Sie wollte sein Leben nicht unnötig gefährden. Martin fühlte sich matt und wertlos. Wenn es ein Rätsel gab, so setzte er normalerweise alles daran, es zu lösen. Doch in diesem Fall hatte er versagt. Er hatte viel herausgefunden, jedoch nichts Nennenswertes erreicht. Er bat Veronika einen langen Spaziergang machen zu dürfen. Er musste raus an die frische Luft und einen klaren Kopf bekommen. In der Wohnung hielt er es nicht mehr aus. Schließlich ließ sie ihn gehen.

Er ging planlos in seinem Wohngebiet umher. Die eine Straße hinauf, die andere hinunter. Ein Ziel hatte er keins. Immer wieder drehte er sich um. Seitdem der Fremde auf ihn geschossen hatte, war er sehr unsicher und schreckhaft geworden und vermutete hinter jeder Ecke eine Gefahr.

Da kam ihm der Gedanke, bei Tag noch einmal an den Ort des Verbrechens zu gehen. Vielleicht hatte das eine therapeutische Wirkung und er könnte die schreckliche Erinnerung neutralisieren. Und vielleicht hatte er Glück und bekam dort eine Idee, die Licht in die undurchsichtige Sache bringen würde. Wenn er sich beeilte, dann dauerte der Weg zum Feldkirchle eine halbe Stunde. Er lief neuen Muts hinaus aus dem

Wohngebiet das Langental hinauf. Zu Fuß gab es einen Weg, der von unten ans Feldkirchle heranführte. Ihm kamen einige Wanderer entgegen. Einige hatten Hunde dabei. Bei Tag war dies eine beliebte Strecke.

Als er beim Feldkirchle ankam, betrachtete er die ganze Szenerie. Sie hatte nichts Bedrohliches mehr. Der Ort hatte für ihn etwas Surrealistisches. Unvorstellbar, dass er hier vor einigen Tagen einem Anschlag zum Opfer fiel. Er setzte sich auf die vordere Bank und starrte vor sich hin. Dort stand der Schütze und auf dem Weg er. Kurz durchzog ihn ein leiser Schauer. Vom oberen Weg kam panisch Veronika zu ihm gerannt. Der Mörder verschwand dann im Gebüsch und rannte wahrscheinlich den unteren Weg zurück. Ob sie ihn je finden würden? Er sah in jener Nacht nur einen dunklen Schatten. Kein Gesicht, keine erkennbaren Merkmale. Handelte es sich um eine Frau oder um einen Mann? Der Attentäter hatte nichts gesprochen und seine Körpergröße war mit dem Abstand in der Dunkelheit auch nicht gut einzuschätzen. In Gedanken versunken saß er eine Weile da und starrte vor sich hin, bis zwei Wanderer von unten herkommend, vor dem Feldkirchle zum Stehen kamen. Sie waren offenbar nicht aus der Gegend und sehr entzückt von der kleinen Kapelle. Interessiert betrachteten sie das Heiligenbild. Martin stand sofort auf und ließ ihnen den Platz, sich niederzulassen. Sie bedankten sich, setzten sich stumm und jeder begann für sich zu beten. Martin war gerade im Gehen, als der eine Wanderer aufstand und andächtig eine mitgebrachte Kerze anzündete. Anschließend setzte er sich und betete weiter.

Martin starrte auf ihn und auf die Kerze. Ihm kam diese Situation vertraut vor. Wo hatte er genau das Gleiche schon einmal gesehen? Ein gläubiger Mensch, der um einen geliebten Menschen trauerte. Da fiel es ihm plötzlich wie Schuppen von den Augen. Warum, fragte er sich, warum war diese Person da gewesen? Er hielt einen Moment inne. Es konnte nur einen Grund dafür geben. Es kamen ihm unzählige Worte und Bilder in den Sinn, die für ihn bisher keine Rolle gespielt hatten. Doch nun sah er alles aus einem anderen Blickwinkel. Er sah die Zusammenhänge ganz klar vor seinem geistigen Auge.

Ich muss etwas unternehmen, dachte er sich. Schnellen Schrittes machte er sich auf den Weg nach Hause. Seine Begeisterung war wieder zurückgekehrt. Auf dem Weg sprach er laut und wild gestikulierend vor sich hin. Er vergaß sogar den Schmerz in seinem rechten Arm. Zu Hause berichtete er Veronika freudestrahlend, dass er nun wisse, wer Otto Dujardin umgebracht habe und ebenso, warum dieser sterben musste. Veronika schaute ihn ungläubig an. Was hatte dieser Gedankenumschwung zu bedeuten? Gerade wollte sie beginnen, ihn zu maßregeln, weil er sich ihr widersetzte, als er sie unterbrach und meinte, dass sie nun keine Angst mehr um ihn haben müsse. Er küsste sie sanft. Er wäre außer Gefahr. Sie solle ihm nur vertrauen und ihm Glauben schenken. Schließlich ließ sie sich beruhigen. Diesmal wüsste er genau, was er tat. Mit neu gewonnener Energie strahlte er sie an.

Er bat Veronika ihn zu begleiten. Wohin die Fahrt ging, wollte Martin vorerst nicht verraten. Währenddessen Veronika das Auto holte, nahm er sein Handy und tätigte zwei Anrufe. Siegessicher stieg er ein und beide fuhren los.

12

Martin sagte Veronika, wie sie zu fahren hatte. Als sie nach 15 Minuten vor einem Wohnblock zum Stehen kamen, fragte sich Veronika ungläubig, wer hier wohl wohnen würde? Das Haus war viele Jahre lang nicht mehr gestrichen worden und insgesamt machte es einen recht ungepflegten Eindruck. Martin deutete an, dass sie noch einen Moment warten müssten, bevor sie hineingingen. Er erwartete noch jemanden. Nach etwa zehn Minuten Wartezeit sah Veronika, wie Frau Futzel aus einem Taxi stieg und zu ihnen herübergelaufen kam.

Martin begrüßte sie freundlich: „Ich danke Ihnen, dass sie so spontan gekommen sind. Es ist mir sehr wichtig, dass Sie uns begleiten."

„Ganz auf meiner Seite", antwortete Frau Futzel. Sie betätigte die Klingel und die Tür öffnete sich. „Ich helfe und vermittle sehr gerne. Ich bin es meinem Bruder schuldig. Worum wird es gehen?"

Doch Martin beantwortete ihr Frage nicht.

Stumm liefen die drei die Treppen hinauf. Oben in der geöffneten Tür stand Oumou Dujardin. Mit ihren braunen, großen Augen sah sie Martin neugierig an. Sie hatte nicht erwartet, ihn so schnell wieder zu sehen.

Sie bat den Besuch herein zu kommen. Wenn sie sich gedulden würden, dann würde sie einen Tee aufsetzen. Frau Futzel bot ihre Hilfe an und beide verschwanden in der Küche. Martin und Veronika setzten sich auf die alte Couch.

„Du meinst, Oumou Dujardin ist die Täterin?", flüsterte Veronika, „Sie soll ihren Mann umgebracht haben? Deswegen sind wir ja hier, so nehme ich an."

Martin schaute Veronika undurchsichtig an. „Möglich. Du wirst es erfahren. Zunächst muss ich ihr ein paar wichtige Fragen stellen."

Veronika hasste es, wenn er nicht mit der Sprache herausrückte und sich geheimnisvoll gab. Sie konnte sich nicht vorstellen, dass sie die Mörderin war. Oumou Dujardin machte auf sie so einen zurückhaltenden und schüchternen Eindruck. Aggressionen passten nicht zu ihr, vielmehr eine demütige und unterwürfige Haltung.

Oumou Dujardin und Frau Futzel kamen mit dem Tee herein. Nachdem allen eingeschenkt und auch Veronika vorgestellt wurde, begann Martin das Gespräch mit Frau Dujardin: „Frau Dujardin, wir hatten uns ja bereits vor einigen Tagen über Ihren Ehemann, Herrn Otto Dujardin, und dessen tragischen Tod unterhalten."

Frau Dujardin nickte.

„Aber eins ist mir im Nachhinein noch nicht klar genug geworden. Die Tatsache, dass Sie nicht bei seiner Beerdigung waren, beschäftigt mich noch immer. Sie sagten, dass Sie ihn sehr geliebt hatten. Dann plötzlich veränderte sich Ihre Ehe und Otto Dujardin wurde grob zu Ihnen. Schließlich mussten Sie ausziehen. Sie sagten auch, dass Sie damals, als Ihre Beziehung auseinanderbrach, um ihn getrauert hatten. Und, dass Sie heute nicht mehr um ihn trauern könnten. Sie hätten damals genug Tränen vergossen, oder so ähnlich."

Frau Dujardin sagte nichts darauf. Sie schaute ihn mit ihren großen Augen an.

„Sie waren noch verheiratet, als Otto Dujardin starb, und trotzdem kamen Sie nicht aus Anstand oder aus Höflichkeit zu seiner Beerdigung."

Sie senkte den Blick und starrte auf den Boden.

„Nicht einmal aus Anstand oder Höflichkeit", wiederholte Martin mit Nachdruck. „Aber was war geschehen? Als ich Sie bei unserem letzten Treffen danach fragte, da haben Sie sehr seltsam reagiert. Ich bin mit dem Gefühl von Ihnen fortgegangen, dass Sie mir etwas verheimlichen. Und ich glaube, das entspricht auch der Wahrheit."

„Non, da irren Sie sich. Ich habe ihn sehr geliebt."

„Ja, natürlich", Martin lächelte leicht. „Aber hat er Sie auch geliebt? Das gilt es heraus zu finden. Nun, wie war Otto Dujardins Persönlichkeit? Frau Futzel berichtete mir ausgiebig davon, dass Otto Dujardin ein Mann war, der niemanden lieben könne, ohne jegliche Empathie war und der nur nach seinem eigenen Vorteil gehandelt habe. Das stimmt doch, Frau Futzel?"

Frau Futzel bestätigte mit belegter Stimme das, was Martin vorgetragen hatte.

„Ist solch ein Mann fähig, Gefühle, ich spreche hier von wahren Gefühlen, für jemand anderen als sich selbst zu empfinden? Ich bin kein Psychologe und ich kannte Otto

146

Dujardin nicht. Aber ich glaube, er hatte einen anderen Grund dafür, Sie zu heiraten. Aus Liebe und Romantik wird er es wahrscheinlich nicht getan haben. Vielleicht hatte er Ihnen das glauben gemacht. Er konnte ja angeblich sehr charmant sein. Aber ich denke, dass ich richtig liege in der Annahme, dass er sehr berechnend war und etwas anderes von Ihnen wollte."

„Aber was?", mischte sich jetzt Veronika ein.

Martin zuckte mit den Schultern. „Was wollte er von Frau Dujardin?" Er wandte sich an Frau Futzel: „Frau Futzel, wie stand Otto zu seinem ursprünglichen Familiennamen: Futzel?"

„Nun, er mochte ihn nicht gern. Schon als kleiner Junge wurde er oft mit `Futzi´ oder `Furz´ und dergleichen betitelt."

„Aha", sagte Martin schnell. Dann zeigte er mit der offenen Handfläche auf Oumou Dujardin: „Lassen Sie sich den Namen Dujardin einmal auf der Zunge zergehen." Dazu betonte er ihn sehr und machte eine pathetische Handbewegung. „Vielleicht gab er sich gönnerisch und verliebt und heiratete Sie, Frau Dujardin, um Ihren schönen Namen tragen zu können? Otto Dujardin klingt viel weltmännischer, als Otto Futzel."

Veronika sprach langsam: „Aber, wenn er sie nicht aus Liebe geheiratet hat, dann …"

„… dann handelt es sich hierbei um eine aus rein rationalen Gründen eingegangene Ehe, eine Scheinehe, ganz richtig. Sie durfte hier in Deutschland leben und er bekam im Gegenzug den Namen Dujardin. Das war der Deal für ihn. Es war im Grunde alles sehr eigennützig motiviert. Keine Spur von inniger Liebe."

„Für ihn war es vielleicht so. Das kann sein. Aber ich habe ihn geliebt, das müssen Sie mir glauben!"

„Ja, ich glaube Ihnen. Er hat Sie ja auch aus einem Leben geholt, aus dem Sie flüchten wollten. Dank ihm waren Sie hier. Es ist sehr verständlich, dass Sie sich in ihn verliebt hatten. Doch dann veränderte er sich. Plötzlich. Wussten Sie, dass er bisexuell war?"

Oumou Dujardin blickte auf. „Mais non! Wie kommen Sie darauf?"

„Otto Dujardin hatte ein Verhältnis zu einem Mann. Ihre Ehe schien zerstört und erschüttert. Vielleicht waren Sie angeekelt von ihm, als Sie davon erfuhren? Vielleicht waren Sie enttäuscht? Es könnte für Sie ein Impuls gewesen sein, ihn im Affekt nach einer Auseinandersetzung aus dem Fenster zu stoßen."

„Aber nein!", sie schüttelte energisch den Kopf. „So war es nicht, n´est-ce pas! Ich habe davon nichts gewusst!"

„Nein? Aber wenn es so nicht war, wie war es dann?"

Oumou stand auf. Sie hielt ihr Gesicht mit den Händen bedeckt.

„Ich weiß nichts von einer Bisexualität", wiederholte sie. „Otto wollte, dass ich ausziehe und er hat mir diese Wohnung verschafft. Dann habe ich eine Weile lang nichts mehr von ihm gehört. Dann, un jour, kam er zu mir hier her. Er sagte, er habe sich einige Gedanken gemacht. Ich müsse froh sein, hier sein zu können. Er hätte alles nur mir zuliebe gemacht. Nur ihm hätte ich das alles zu verdanken, meinte er. Dann drohte er mir, alles zu verraten und sagte, dass ich abgeschoben würde, wenn unsere Ehe aufflöge. Es gäbe nur einen Weg, mich hier zu behalten. Er wollte Geld von mir. Geld dafür, dass er unsere Ehe nicht verrät. Er sagte, ich müsse ihm jeden Monat 300 Euro zahlen."

Martin hob den Kopf. So war es also gewesen.

„Ich hatte beaucoup de peur, dass ich Deutschland wieder verlassen müsste, wenn er allen davon erzählte."

„Aber eines verstehe ich nicht. Nach deutschem Recht, werden beide Eheleute dafür bestraft, wenn eine Scheinehe bewiesen wird. Hätte er die Scheinehe auffliegen lassen, dann wäre er selbst bestraft worden. Das ergibt doch keinen Sinn."

Bitter sagte sie: „Er wusste, dass ich alles tun würde, um in Deutschland bleiben zu können. Er hatte Recht behalten. Ich habe bezahlt."

Martin dachte an den Sekretär und das Geld. Das Geld stammte also doch von einer Erpressung. „Sie zahlten 1500 Euro von Dezember 2016 bis April 2017. Das ist richtig, nicht wahr? Und Otto Dujardin ließ sich nicht von Ihnen scheiden, weil er dadurch ein sicheres Zubrot hatte. 300 Euro pro Monat ist viel Geld." Nach einer Pause sprach er weiter: „Wie gewissenlos muss Otto Dujardin gewesen sein, einer Frau, die in einer Fabrik arbeitet und nicht viel Geld verdient, zusätzlich 300 Euro abzuknöpfen?"

Veronika sagte ungläubig: „Dann hat sie Otto Dujardin umgebracht, weil er sie erpresst hat?"

Martin schaute Veronika mit zusammengekniffenen Augen an. „Nein, Frau Dujardin ist keine Mörderin. Sie würde ihn nicht umbringen, denn jetzt als Witwe ist ihre Zukunft in Deutschland ebenso ungewiss. Ich bin kein Experte, aber ich denke, es kommt darauf an, wie lange sie verheiratet waren. Erst ab einer bestimmten Anzahl von Jahren darf sie für immer hier in Deutschland bleiben. Ich weiß nicht, ob diese Anzahl schon erreicht wurde."

Frau Dujardin begann zu weinen. Unweigerlich wendete sich Frau Futzel ihr zu und tröstete sie.

Martin legte ebenso die Hand auf ihre Schultern: „Es tut mir sehr leid, Frau Dujardin. Ich hoffe, dass es gut ausgehen wird für Sie und Sie bei uns bleiben dürfen."

Sie schaute ihn an und flüsterte: „J´ai l´espoir."

„Und das ist auch der Grund, warum Frau Dujardin nicht zu Ottos Beerdigung kam. Weil er sie demütigte und Geld von ihr verlangte. Das ist die Erklärung. Die Antwort auf meine noch ungeklärte Frage." Er nickte befriedigt.

Dann forderte Martin Veronika und Frau Futzel auf, sich zu erheben. Sie hatten wenig Zeit, denn sie mussten noch einen weiteren Besuch abstatten. Nach einer emotionalen Verabschiedung, bei der Frau Futzel Oumou Dujardin ihre Unterstützung anbot, verließen die drei die Wohnung.

Unten angekommen sagte Frau Futzel: „Arme Oumou. Ich werde mich um sie kümmern. Ich hoffe, dass sie bleiben darf."

Martin nickte. Dann stiegen Sie alle in Martins Corsa ein. Er programmierte das NAVI und Veronika folgte den Anweisungen des Geräts. Auf dem Weg sagte Martin plötzlich mit ruhiger Stimme: „Es ist mir erst sehr spät eingefallen, Frau Futzel. Ich hatte Sie bis dato nicht bei meinen Untersuchungen beachtet. Aber auch Sie hatten ein triftiges Motiv, ihren Bruder zu ermorden."

„Ich?", stieß Frau Futzel aus.

„Ja, Sie. Ich glaubte Ihnen alles, was Sie mir über Ihren Bruder erzählten. Ich zog Sie bei meinen Ermittlungen ins Vertrauen. Doch dann zweifelte ich plötzlich an mir. Hatte ich etwas übersehen oder mich getäuscht?"

Frau Futzel schluckte. Was sprach Martin auf einmal so seltsam?

„Sehen Sie", fuhr Martin fort, „Geld ist sehr wichtig und schon oft ein schwerwiegendes Motiv für einen Mord gewesen."

„Ich verstehe Sie nicht."

„Vielleicht geht es ihrem Büro doch nicht so gut wie sie sagen? Vielleicht müssen Sie ein finanzielles Loch stopfen? Vielleicht hat Ihr Bruder Ihnen eröffnet, dass er eine Risikolebensversicherung für sich abgeschlossen hatte? Dies wären sehr nachvollziehbare Gründe für den Mord an Ihrem Bruder."

Frau Futzel wusste gar nicht, wie ihr geschah. Noch vor Kurzem hatte sie mitgeholfen, den Mord an ihrem Bruder aufzuklären, und nun stand sie selbst unter Verdacht.

„Aber warum um alles in der Welt hätte ich meinen eigenen Bruder töten sollen?"

„Aus Habgier! Und, weil ihre Beziehung schon vor Jahren erkaltet war. Er war der kleine, ungeliebte Bruder. Er war nicht wichtig für Sie."

„Das ist eine Unverschämtheit! Ich möchte sofort aussteigen." Frau Futzel beruhigte sich nicht, sondern geriet vollkommen in Rage. "Ich war Ihnen gegenüber immer ehrlich, habe Rede und Antwort gestanden. Ich brauche das Geld nicht. Meinem Büro geht es ausgezeichnet. Das können Sie gerne überprüfen. Also, das ist wirklich eine Unverschämtheit!"

Martin unterbrach Sie: „Ich bitte Sie, beruhigen Sie sich! Ich muss Ihnen gestehen, dass dies nur eine Möglichkeit gewesen ist, die ich in Erwägung gezogen habe. Und letztendlich habe ich sie fallen lassen. Ihr Verhalten bestätigt, dass ich Recht habe. Ich glaube nicht, dass Sie etwas vor mir verbergen. Ich glaube auch, dass ich nichts Belastendes bei Ihnen finden würde."

„Warum bist du dir bei ihr so sicher?", fragte Veronika, die hinter dem Steuer ruhig zugehört hatte. Frau Futzel beugte sich empört nach vorne.

„Weil ich mittlerweile weiß, wer es wirklich war", antwortete Martin kurz.

Frau Futzel ließ sich zurückfallen und atmete tief durch. Sie wusste nicht, was sie davon halten sollte. Dann, nachdem sie etwas nachgedacht hatte, sagte sie kurz: „Danke für Ihr Vertrauen."

Martin schmunzelte.

Nun bogen Sie in die Zielstraße ein. Die Stimme des NAVI ertönte: „Sie haben Ihren Zielort erreicht." Veronika parkte das Auto und die drei stiegen aus. Gleichzeitig stieg weiter vorne Kommissar Leutner aus seinem Dienstwagen. Er kam schnellen Schrittes auf sie zu.

„Ich hoffe, Sie haben nicht zu lange gewartet", sagte Martin und schüttelte ihm begrüßend die Hand.

„Nein, keine 20 Minuten. Das geht in Ordnung", der Kommissar winkte ab. Ungläubig fragte er: „Aber sagen Sie, Herr Fennberg, Sie wissen, wer der Mörder ist? Sie wollen ihn hier stellen?"

Martin bestätigte seine Frage. Zeitgleich sah man im Haus vor dem sie standen ein Gesicht durchs Fenster schauen. Es beobachtete die Gruppe. Martin kam nicht umhin, es zu bemerken.

„Sehen Sie", wandte der Kommissar ein, „nichts für ungut, aber ich bin kurz davor, den Mord zu klären."

Martin blickte den Kommissar interessiert an: „Walter Buchenhain?"

„Genau, das ist unser Mann. In den nächsten Tagen wird Walter Buchenhain die Anstiftung zum Mord gestehen, da bin ich mir sicher. Sein Komplize, Olsen Krumm, ist meiner Meinung nach der Täter, der Otto Dujardin aus dem Fenster stieß und auf Sie am Abend schoss. Kein Zweifel möglich. Walter Buchenhain hat das Motiv `Rache´ und Olsen war seine ausführende Hand."

„Es könnte sein, dass Olsen Krumm ein Alibi hat für den Abend, an dem auf mich geschossen wurde."

„Wir sind gerade dabei, ihn zu überprüfen."

„Wir werden sehen", befand Martin. Dann bat er den Kommissar, sich erst seine Theorie und seine Rückschlüsse anzuhören. Er könne sich dann selbst ein Bild machen und darüber entscheiden, wie er anschließend weiter verfahren wolle. Herr Leutner stimmte zu. Er wolle im Hintergrund bleiben und Martin sprechen lassen. Nur im Notfall würde er einschreiten. Dann betätigten sie die Klingel des Hauses mit der

Nummer sieben. Das Gesicht im Fenster verschwand augenblicklich. Kurz darauf öffnete sich das Gartentor und die vier gingen in Richtung Eingangstür. Dort wurden sie von Leonard Reupelsberger empfangen. Nach einer förmlichen Begrüßung wurden sie ins Innere geführt. Leonard Reupelsberger bot ihnen einen Platz auf der Couch an. Martin zog es vor, stehen zu bleiben. Die anderen setzten sich. Frau Reupelsberger hörte man die Treppe hinunterkommen. „Schatz, wer ist denn gekommen?", fragte sie draußen im Flur. Dann betrat auch sie das Wohnzimmer. „Oh", stieß sie aus, als sie sah, wer auf der Couch saß. „Ich wollte sie nicht stören."

„Aber Schatz, du störst nicht", lächelte Leonard sie an.

„Soll ich wieder gehen? Oder, ich kann auch gerne hierbleiben, wenn du magst?"

„Bleib bei uns, Schatz."

Martin sagte mit einer sanften Stimme: „Wenn Sie möchten, dann setzen Sie sich und hören Sie zu, was ich zu berichten habe. Es hat einen bestimmten Grund, warum wir alle zusammengekommen sind und Sie dürfen auch hören, worum es geht."

Frau Reupelsberger setzte sich stumm auf einen Stuhl am Esszimmertisch. Dann stellte sich Martin neben Frau Reupelsberger, mit er ja noch nicht persönlich über den Fall gesprochen hatte und begann: „Wie wir fast alle wissen", dabei legte er seine Hand auf ihre Schulter, „fiel Otto Dujardin in seiner Wohnung aus dem Fenster und starb. Die Polizei ging von einem Unfall aus, doch ich behaupte, dass dies ein Fehler war. Otto Dujardin starb nicht zufällig, er wurde gestoßen! Es stellt sich nur die Frage, wer ihn gestoßen hat? Wer ist der Mörder?" Die Anwesenden blickten sich gegenseitig an. „Ich bin der festen Überzeugung", fuhr er fort, „dass der Mörder einer der hier versammelten Personen ist."

Leonard Reupelsberger blickte ängstlich zu seiner Frau hinüber.

„Doch wer war überhaupt dieser Otto Dujardin? Laut Aussage seiner Schwester und seinen Kollegen, war Otto Dujardin ein ungeliebter Mann, ohne Freunde, ohne Familie, verhasst bei denen, die näher mit ihm zu tun hatten. Ein Einzelgänger, der an nichts und niemanden emotional gebunden war. Alle Menschen, mit denen ich über ihn gesprochen habe, vervollständigten meinen überaus negativen Eindruck seiner Persönlichkeit. Den einzigen, den ich in den letzten Wochen positiv und liebevoll über ihn sprechen gehört habe, und das ist sehr interessant, ist sein Liebhaber gewesen. Der Mann, mit dem Otto eine intensive und leidenschaftliche Beziehung hatte: Leonard Reupelsberger."

Leonard Reupelsberger wagte es nicht, seine Frau anzusehen. Diese schaute Martin mit entsetzten Augen an. Auch Frau Futzel blickte überrascht zu Leonard Reupelsberger. Eine unangenehme Stille breitete aus. In diese sprach Martin mit ruhiger Stimme weiter: „Wie war nun Otto Dujardins Persönlichkeit wirklich? Liebevoll oder eiskalt und berechnend? Dies ist der Schlüssel zu diesem Verbrechen und wir kommen später noch ausführlich darauf zurück. Leonard Reupelsberger jedenfalls liebte Otto Dujardin über alles. Dennoch war er nicht bereit, seine Ehefrau Patricia für ihn zu verlassen. Er wollte beide Beziehungen nebeneinander führen, was er auch tat, ein dreiviertel Jahr lang. Dann geschah etwas Einschneidendes. Leonard Reupelsberger steckte sich bei Otto Dujardin mit einer Geschlechtskrankheit an. Leonard musste erkennen, dass ihm Otto untreu geworden war. Das konnte er nicht verstehen. Er zog seine Konsequenz daraus und trennte sich von ihm. Seiner Frau, die sich bei ihm ansteckte, sagte er, dass er einen Seitensprung mit einer anderen Frau gehabt habe. Sie glaubte ihm und die Geschichte war vorerst beendet." Martin machte eine Pause und blickte Leonard in die Augen. Diese waren traurig und wässrig. „Vielleicht hatte Leonard Reupelsberger diesen Vertrauensbruch des Fremdgehens nie ganz überwunden? Vielleicht hatte er sich auch vor Otto geekelt, weil ihm bewusst wurde, dass dieser wahrscheinlich schon die ganze Zeit über fremd gegangen war? Mit mehreren Männern gar? Alles war nur eine Lüge! Die ganze Liebe nicht exklusiv und nicht wahrhaftig." Er kam ganz dicht an Leonard heran und wiederholte mit gehauchter Stimme: „Eine Lüge."

Leonard fing zu weinen an. Er vergrub sein Gesicht in den Händen. „Ich habe ihn geliebt! Und er hat mich betrogen, die ganze Zeit!"

„Und das haben Sie nicht verkraftet."

„Ich glaubte an ihn, glaubte an uns. Aber alles war nur eine einzige Lüge. Eine Fantasie, die sich nur in meinem Kopf abspielte."

Liebevoll und mit Anteilnahme sprach Martin: „Und dann starb Otto Dujardin. Niemand anderes konnte ihn nun mehr haben."

„Dann ist Leonard Reupelsberger der Mörder von Otto Dujardin?", fragte Kommissar Leutner, der langsam aufgestanden war. „Mord aus Leidenschaft?"

Martin blickte den Kommissar an. Noch bevor er etwas sagen konnte, stand Leonard Reupelsberger auf: „Nein, ich habe ihn nicht umgebracht! Sie müssen mir glauben! Das hätte ich nie tun können! Wie hätte ich den Mann umbringen können, den ich liebte? Ich hätte mich dabei getötet."

„Sie hätten ihn unmöglich töten können", befand auch Martin. „Ich pflichte Ihnen bei. Sie hatten auch ein Alibi, als auf mich geschossen wurde. Sie konnten es nicht getan haben." Er führte Leonard Reupelsberger zurück auf seinen Platz. Dieser setzte sich, vollkommen durcheinander und erschöpft schloss er für einen Moment die Augen. Dann fragte er: „Aber wer hat es getan, Herr Fennberg?"

„Es ist eine traurige und schmerzvolle Geschichte. Im Grunde wissen wir alles, was wir zum Lösen des Falls benötigen, wir müssen nur den Blickwinkel ändern. Leonard Reupelsberger hatte eine Affäre mit Otto Dujardin. Ich bin mir sehr sicher, dass diese Beziehung einer bestimmten Person nicht verborgen blieb. Stellen Sie sich vor: Er kam später nach Hause als zuvor, blieb häufig auch am Abend bei der Arbeit, traf ungewöhnlich viele Freunde. Vielleicht gab es auch die eine oder andere Geschäftsreise. Ist es da nicht ganz natürlich, dass die Ehefrau etwas zu ahnen begann? Etwas veränderte sich und sie soll davon nichts mitbekommen haben? Nein, ich bin mir sicher, dass Frau Reupelsberger genau wusste, was vorging." Er wandte sich nun an Frau Reupelsberger: „Es musste ein Schock für Sie gewesen sein, als sie ihrem Mann folgten und bemerkten, dass die vermutete Geliebte in Wirklichkeit ein Mann war. Der Moment, als Sie zum ersten Mal beide zusammen sahen, musste sich in Ihrem Gedächtnis eingebrannt haben: Otto Dujardin! Diesen Namen sollten Sie niemals wieder vergessen. Sie mussten sich schmerzvoll eingestehen, dass Sie der Beziehung nichts entgegen zu setzen hatten. Sie konnten in keine Konkurrenz treten, so sehr Sie sich auch bemühten. Diese Art von Gefühlen konnten Sie bei Ihrem Mann nicht hervorrufen, schon gar nicht befriedigen. Sie gaben sich geschlagen und beschlossen, nichts zu unternehmen und die Beziehung zu dulden. Sie hatten keine andere Chance, sonst hätten Sie ihn verloren. Aber Sie liebten ihren Mann sehr, zu sehr." Martin atmete tief ein und machte eine Pause. Dabei blickte er in die erschrockenen Gesichter von Leonard und Patricia Reupelsberger. Beide saßen unbewegt da und ließen es über sich ergehen, was Martin vortrug.

„Dann wurde Leonard Reupelsberger krank. Er hatte sich bei Otto Dujardin mit der Syphilis angesteckt, einer Krankheit, die heute noch bei homosexuellen Männern verbreitet ist, die häufig ungeschützt und mit wechselnden Partnern Geschlechtsverkehr haben. Er begab sich sofort in ärztliche Behandlung. Auch Frau Reupelsberger ließ sich untersuchen und man stellte bei ihr ebenfalls eine Ansteckung fest. Er sprach ihr gegenüber von einer Frau, bei der er sich angesteckt habe und sie tat so, als ob sie es glaubte. Doch wusste sie genau, wo er sich die Geschlechtskrankheit eingefangen hatte."

Er hielt inne. Dann setzte er sich neben Frau Reupelsberger und nahm ihre Hand. Vertraut fragte er sie: „Wie lange wünschten Sie sich schon ein Kind?"

Sie sah ihn weinend an. Musste sie darüber sprechen? Über all die schmerzhaften Erfahrungen? Doch Martin bekräftigte sie. Er würde sie nicht gehen lassen, ohne, dass alles offen ausgesprochen war, das spürte sie. Schließlich begann sie: „Wir versuchten jahrelang Kinder zu bekommen, jedoch passen wir biologisch nicht gut zusammen. Wir versuchten alles uns mögliche zu tun. Aber die Ärzte gaben uns keine Chance."

„Und dann kam es doch dazu. Sie wurden wider Erwarten schwanger. Der Traum wurde Wirklichkeit. Ich muss Ihnen sagen, dass es wirklich ein schönes Kinderzimmer ist, dass Sie da eingerichtet haben. Sie erwarteten einen Jungen?"

Frau Reupelsberger nickte. „Jonathan sollte er heißen."

„Doch dann wurden Sie krank. Sie ließen sich natürlich sofort behandeln?"

Frau Reupelsberger konnte nichts sagen. Die Tränen liefen ihr über die Wangen. Martin strich ihr über die Hand. „Aber für das Ungeborene kam jede Hilfe zu spät, nicht wahr? Es wurde mit Syphilis infiziert."

„Ich konnte es nicht schützen!", stieß sie aus. „Ich war machtlos. Der Zeitpunkt der Ansteckung musste nach einer der großen Untersuchungen im sechsten Monat stattgefunden haben. Das Baby und ich waren vollkommen gesund. Uns ging es gut. Es gab keinen Grund einer weiteren zusätzlichen Untersuchung. Als ich ein oder zwei Wochen später bei mir erste Symptome feststellte, war es bereits zu spät. Das Kind war krank." Dann konnte sie nicht mehr weitersprechen. Sie nahm sich selbst in den Arm und wiegte sich, wie ein kleines Kind. Dabei seufzte sie schmerzvoll.

Martin ergänzte: „Jonathan hat die Krankheit und die Behandlung nicht überlebt. Er verstarb im Mutterleid und wurde tot geboren."

Frau Reupelsberger beugte sich nach vorne und weinte bitterlich. Schluchzend sagte sie: „Ich konnte seinen Herzschlag spüren, ich fühlte seine Tritte. Ich liebte ihn mit jeder Faser meines Körpers. Er war noch nicht auf der Welt, aber ich hätte alles für ihn getan. Er war alles für mich."

Martin nickte. „Sie konnten den Schmerz des Verlusts ihres geliebten Kindes nicht verkraften. Jemand musste dafür bezahlen. Sie liebten jedoch ihren Mann sehr und anstelle ihm die Schuld zu geben, gaben Sie sie Otto Dujardin. Sie suchten ihn auf. Wie kam es zum tödlichen Sturz aus dem Fenster?"

„Er hatte kein Verständnis für meinen Schmerz. Verstehen Sie? Ich wollte eine Entschuldigung oder irgendeine Anteilnahme von ihm. Er sollte begreifen, dass er unsere Beziehung, unser Kind und unser Leben zerstört hatte. Doch er lachte nur über mich. Er lachte! Er sagte, es sei meine eigene Schuld. Ich hätte mich schützen müssen. Auch Leonard hätte sich schützen müssen. Er wäre alt genug gewesen, zu wissen, auf was er sich da eingelassen hatte. Otto Dujardin sah es nicht ein, Verantwortung zu übernehmen. Verantwortung für die anderen Menschen um ihn herum. Er zerstörte alles und es machte ihm nichts aus. Er war kalt und fühlte sich im Recht. Dann stand er am offenen Fenster und rauchte eine Zigarette. Ich stand weinend hinter ihm und sein Anblick machte mich so wütend! Ich hasste ihn. Wie er dort so gönnerhaft stand und dabei die Schuld am Tod meines Sohnes leugnete. Und dann ging es plötzlich ganz schnell. Meine Wut trieb mich an. Ich nahm all meine Kraft, zusammen und stieß ihn mit Wucht aus dem Fenster. Er schrie nicht, als er fiel. Ich hörte unten den Aufprall und dann wurde es still. Schnell verließ ich die Wohnung."

Frau Reupelsberger verstummte. Nun war der Moment gekommen, sich für ihre Tat zu verantworten.

„Kommissar Leutner nickte und fragte sie: „Geben Sie auch zu, auf Herrn Fennberg geschossen zu haben? Abends beim Feldkirchle?"

Sie bestätigte stumm seine Frage.

„Aber woher hatten Sie die Waffe?"

Martin beantwortete Herrn Leutners Frage: „Hier schauen Sie, Herr Kommissar." Er zeigte auf die Bilder, die an der Wand hingen. „Auf dem einen Bild sieht man das Paar Reupelsberger, wie sie auf einer Bierbank sitzen und feiern. Es muss sich um ein Vereinsfest handeln, sehen Sie die Fahne? Ich habe mich erkundigt. In Heidelsheim gibt es einen Schützenverein. Ich nehme an, dass Frau Reupelsberger dort Mitglied ist."

„Sind Sie im Besitz einer Schusswaffe?", fragte der Kommissar.

Frau Reupelsberger zögerte, aber bejahte seine Frage. „Sie liegt oben im Schlafzimmer, soll ich sie holen?"

„Nein", bestimmte Kommissar Leutner, „Sie verlassen nicht alleine den Raum. Wir werden sie später sicherstellen."

Dann sah sie Martin an und erklärte, wie leid es ihr tat, auf ihn geschossen zu haben. Sie wusste keinen anderen Ausweg. Es schien ihr die einzige Möglichkeit zu sein.

„Doch wie haben Sie herausgefunden, dass Martin Ihnen auf die Spur gekommen war? Sie waren doch nie anwesend bei einem der Gespräche?", fragte Veronika Frau Reupelsberger. Ungeachtet dessen, dass die Frage an Frau Reupelsberger gerichtet war, beantwortete sie Martin. Er berichtete vom ersten Zusammentreffen, als er mit Leonard Reupelsberger auf der Gartenbankgarnitur hinterm Haus gesessen hatte. Das Küchenfenster war offen. Gegen Ende des Gespräches beugte sich Frau Reupelsberger aus dem Fenster und rief, dass sie nun zu Hause sei. „Ich mutmaße, dass sie das ganze Gespräch hinter dem offenen Fenster stehend belauscht hat."

„Ich hörte alles, jedes Wort. Da wusste ich, dass es eine Spur gab, die zu mir führte. Als Herr Fennberg dann noch zwei Mal bei uns auftauchte, da wusste ich, dass ich handeln musste."

Es wurde still. Das Rätsel um den Tod Otto Dujardins war gelöst. Irgendwie war Frau Reupelsberger Opfer und Täterin zugleich. Martin konnte ihre Beweggründe gut nachvollziehen, besaß aber auch einen ausgeprägten Gerechtigkeitssinn, sodass er nicht zulassen konnte, dass der Mord ungestraft blieb. Ebenso konnte er den Anschlag auf ihn nicht unter den Tisch fallen lassen, denn der hätte um ein Haar tödlich enden können.

Kommissar Leutner bedankte sich bei Martin für den beeindruckenden Vortrag. Er musste zugeben, dass er sich bei Walter Buchenhain getäuscht hatte. Er stand auf und führte Frau Reupelsberger aus dem Haus. Mit seinem Dienstwagen wurde sie ins Polizeirevier gefahren. Dort wurden alle weiteren Schritte eingeleitet.

Martin blieb mit Frau Futzel, Veronika und dem traurigen Ehemann zurück. Dieser wusste nicht, wie es nun weitergehen sollte. Alles, was er sich aufgebaut hatte, alles, was er geliebt hatte war zerstört. Es gab nichts mehr, an das er glauben konnte. Die Liebe hatte alles in seinem Leben zerstört. Martin drückte ihm die Hand und wünschte ihm viel Kraft für die kommende Zeit. Es bliebe ihm nichts weiter übrig, als die Scherben aufzulesen und Stück für Stück wieder zusammen zu setzen. Es würde ihm bestimmt irgendwann wieder gelingen.

Als Martin, Veronika und Frau Futzel wieder im Auto saßen, fragte Frau Futzel, wie und wann Martin überhaupt auf Frau Reupelsberger gekommen war? Dieser erzählte von seinem Erlebnis beim Feldkirchle, als er am Nachmittag zwei Wanderer beobachtete, wie sie eine Kerze anzündeten und beteten. Dieses Bild hatte er schon einmal gesehen. Er erinnerte sich in diesem Moment daran, wann und wo es war: Am Tag von Otto

Dujardins Beerdigung sah er, wie am Abend eine Frau in die Peterskirche kam und ebenso zwei Kerzen anzündete und betete. Er erinnerte sich an ihr trauriges Gesicht. Es war Frau Reupelsberger. Sie kam in die Kirche, um für Otto Dujardins Seele zu beten. Die zweite Kerze galt ihrem totgeborenen Kind. „Da wusste ich, dass sie die Mörderin sein musste. Ich ordnete die Fakten neu und kam so zur Lösung. Alles passte zusammen." Veronika strich Martin über den Kopf. Voller Stolz lächelte sie ihn an und gab ihm einen Kuss auf die Wange. Dann startete sie den Wagen und sie fuhren wieder zurück in die Innenstadt.

13

Die Glocken läuteten. Veronika trug ihr weißes Hochzeitskleid. Ihre blonden Haare waren hochgesteckt. In der einen Hand hielt sie ihren süß duftenden Hochzeitsstrauß, in der andern hielt sie Martins Hand fest umschlossen. Martin stand neben ihr und sah stattlich aus in seinem schwarzen Anzug. Sein rechter Arm war unter dem Jackett immer noch verbunden, die Schlinge brauchte er nicht mehr zu tragen. Den Schmerz hatte er ganz vergessen. Beide waren glücklich in diesem Moment. All das Schreckliche, was sie in den letzten Wochen durchleben mussten, war nicht mehr wichtig. Otto Dujardins trauriges Schicksal war enträtselt. Es zählte nur der Moment. Alle waren zu ihrem Fest gekommen und warteten im Inneren der Kirche darauf, dass sie einzogen. Alle, sogar der Kommissar Leutner und Frau Futzel waren gekommen. Kurz bevor die Tür sich öffnete und die Zeremonie begann, dachte Martin über die Liebe nach, die er in diesem Moment so intensiv fühlte. Das Wichtigste im Leben war, zu lieben und geliebt zu werden, befand er. Dies galt für einen Partner oder eine Partnerin, aber auch für einen guten und engen Freund. Jeder Mensch hatte grundsätzlich seinen Platz und seine Aufgabe, etwas weiter zu geben. Und das, was man gab, bekam man auch wieder zurück. Und wenn der Zeitpunkt gekommen war, zu gehen, dann würde man in dem, was man gegeben hatte, weiterleben. Menschen wie Otto Dujardin waren an dieser Aufgabe gescheitert. Welchen Platz hatten sie in der Welt? Sie waren im Grunde sehr zu bedauern, dachte Martin, denn sie verpassten die Chance in ihrem Leben, unsterblich zu werden. Welchen Sinn hatte dann das Leben gehabt?

Martin schaute Veronika an. Er war sicher und überzeugt, seinen Platz gefunden zu haben. Er dachte an den Beginn ihrer Geschichte mit Otto Dujardin zurück, nachdem er und Veronika bei Pfarrer Rebler gesessen und über Glauben gesprochen hatten. Er war damals sehr unsicher und wusste nicht, was und woran er glauben sollte. Jetzt war er sich sicher, dass es für jeden eine Bestimmung geben musste, eine übergeordnete Instanz, die einen leitete und dem Leben seinen Sinn, seine Bedeutung gab, positiv oder negativ. Diese Anschauung erleichterte Martin und er war sehr zufrieden.

Dann war es soweit. Die Orgel begann zu spielen und eine Sopranistin begann das `Ave Maria´ von Schubert zu singen. Pfarrer Rebler stand bereit, das Brautpaar zu empfangen. Martin und Veronika küssten sich, atmeten noch einmal tief durch und schritten dann den Mittelgang entlang zum Altar.

Ave Maria für eine Leiche

Der Fotograf Martin Fennberg möchte nach einer anstrengenden Hochzeit-Saison eine Woche Ruhe und Entspannung genießen und mietet sich in einem Retreat-Center in Dobel ein. Dort lernt er eine Gruppe interessanter Menschen kennen, die auf den ersten Blick gut zusammenpassen könnten. Doch dann, am zweiten Tag, geschieht ein Mord. Plötzlich werden alle der vermeintlich friedlichen Gruppe zu Verdächtigten. Niemand weiß nun mehr, wem er Glauben schenken und wem er vertrauen kann.

Stumme Gier

Der Fotograf Martin Fennberg kann es kaum glauben. Am Nachmittag betritt ein blasser, vor Schmerzen gebeugter Mann das Studio, in dem er arbeitet. Innerhalb weniger Momente stirbt der Unbekannte vor seinen Augen. Martin ist zunächst geschockt. Nachdem er sich wieder gefasst hat, untersucht er den Fremden und findet einen vielsagenden Zeitungsausschnitt in dessen Hosentasche. Er entschließt sich, auf eigene Faust etwas über diesen Fremden und dessen Schicksal heraus zu bekommen.

Doppelte Fährte

Martin wollte in Heidelberg eigentlich nur seine Weihnachtseinkäufe tätigen, als er von einem jungen Paar angesprochen wird, das ihn zu einem Preisausschreiben überredet. Überrumpelt nimmt er teil und hat Glück: 350 Euro würde er ausgezahlt bekommen! Voraussetzung wäre allerdings, ein nahegelegenes Hotel zu besichtigen. Dort würde er den Preis erhalten. Ehe er es sich versieht, sitzt er in dem Taxi. Ihm wird angst und bange. Sein ungutes Gefühl trügt ihn nicht. Es geschieht dort ein mysteriöser Unfall.

Dramatischer Tod

Martin und Veronika genießen einen anspruchsvollen und unterhaltsamen Premierenabend im Bruchsaler Amateurtheater *Die Muschel*. Anschließend werden beide von einem befreundeten Schauspieler zur Premierenfeier eingeladen. Ausgelassen wird die erfolgreiche Aufführung gefeiert. Doch dann, spät am Abend, wird der Hauptdarsteller erstochen aufgefunden.